KB174363

예술가의 일기장 1

163 페이지

예술가의 일기장 1

1판 1쇄 인쇄_2020년 01월 01일
1판 1쇄 발행_2020년 01월 06일

지은이_서자현
표지디자인_윤지윤, 서자현
펴낸이_홍정표

펴낸곳_작가와비평
등록_제2018-000059호

공급처_(주)글로벌콘텐츠출판그룹
대표_홍정표 이사_김미미 편집_김봄 이예진 권군오 이상민 홍명지 기획·마케팅_노경민 이종훈
주소_서울특별시 강동구 풍성로 87-6 전화_02-488-3280 팩스_02-488-3281
홈페이지_www.gcbook.co.kr

값 16,300원
ISBN 979-11-5592-235-4 03810

163페이지

예술가의 일기장 1

서자현 글·그림

30년간 미술인으로 살았다. 수많은 전시를 기획하고 진행하다 보니 요즘은 예술가라는 타이틀로 살아간다. 반복의 지루함으로 그리고 처절함으로 여러 번 기다림의 고비를 극복하면서 어느덧 중년의 시작점인 50세를 훌쩍 넘겼다. 그림을 그린다는 것이 단순히 그리는 것이 좋아서, 예술이 좋아서라는 단계를 넘어섰다. 이제는 '무엇을 그린다'가 아니라 '무엇을 생각하는가?', '또다시 무엇을 마음에 담았는가?'로 진행하게 된다. 매년 전시를 위해 뉴욕과 서울을 오간다. 분주히 작품들을 보이고 발표하는 작가의 고단한 삶 속에서도 잠자리에 들기 전 꼬박꼬박 기록해 왔던 하루의 일상을 《163페이지_예술가의 일기장》으로 엮어 민낯으로 공개한다.

하나의 작품이 나오기까지 그 과정에는 단순히 기술적인 표현을 넘어선 동시대의 시선과 수많은 이야기가 담겨 있다. 작가의 몸과 삶, 정신적인 것과 육체적인 것, 그 어느 것 하나도 작품 속에 포함되지 않는 것이 없다. 그리 특별하지 않은 작가의 지루할 만큼 단순한 삶의 패턴과 작업 과정을 그림과 글로 엮어낸 중년 작가의 일상적 고독을 독자와 함께 나누고자 한다.

목차

프롤로그 05

1. 예술가의 몸 12 / 2. 사랑이 없는 믿음 15 / 3. 틀 속의 나 그리고 틀 밖의 나 16 / 4. 나이가 들어간다는 것 19 / 5. 하나님과 소통이 잘되는가? 20 / 6. 과거가 현재로 다가오는 날 22 / 7. 프로페셔널 직업의식 23 / 8. 서양미술사 24 / 9. 키스 25 / 10. 내 안에 눈이, 눈 안에 내가 있다 26 / 11. 다른 이야기 27 / 12. 슬픈 멜로디 28 / 13. 보이지 않는, 들리지 않는 음악 29 / 14. 영원한 회복 31 / 15. 아름다움 32 / 16. 하얀 나라의 풍경 33 / 17. 안다는 것 34 / 18. 착한 사람이 좋다 35 / 19. 스치는 인연, 스치는 오해 37 / 20. 위로의 사진 37 / 21. 연약함에 대한 단상 38 / 22. 철이 든다는 것 40 / 23. 창업 태도의 조건 41 / 24. 무엇이 다른가? 41 / 25. 가족 간의 오해와 상처 42 / 26. 말 42 / 27. 인연 44 / 28. 음식 속 사랑 45 / 29. 늙은이의 사랑 45 / 30. 슬픈 지금 46 / 31. 청소 48 / 32. 물듦 49 / 33. 열정 49 / 34. 기도하라고 하신다 50 / 35. 일상의 흔적 50 / 36. 솔직함의 나이 53 / 37. 영적인 메시지 54 / 38. 도닦는다 55 / 39. 역대하 14:6~13 56 / 40. 산다는 것의 가치 56

41. 하나님 자녀이기에 58 / 42. 스승님과 나눈 삶의 담소 58 / 43. 깊은 포옹 62 / 44. 열정과 욕망 64 / 45. 묘사의 언밸런스 65 / 46. 예술가의 신체 67 / 47. 피곤이 삶 67 / 48. 부모가 자녀에게 기대하는 것 68 / 49. 자료의 보관 / 68 / 50. 평범한 일상 72 / 51. 연약함을 인정 73 / 52. 1인 기업 74 / 53. 경험한다는 것 75 / 54. 취미활동 75 / 55. 나이 듦과 어른 됨의 차이 76 / 56. 진실이라는 벌 77 / 57. 옆지기의 일상 77 / 58. 중년의 움직임 78 / 59. 어시스트 78 / 60. 우선순위 80 / 61. 피곤함과 해야 되는 것 사이에서의 갈등 82 / 62. 자녀와 기록의 시간 82 / 63. 차이와 불편함 83 / 64. 신발의 인기 83 / 65. 사랑하는 이 86 / 66. 그림 감상 87 / 67. 수가 많은 남매들 88 / 68. 군더더기 92 / 69. 눈짓 92 / 70. 시작점과 죽음 93 / 71. 인간의 존재함 93 / 72. 사랑의 수수께끼와 답 93 / 73. 나에 대한 이해 96 / 74. 눈을 뜨고 감는다 97 / 75. 작품을 한다는 것 97 / 76. 죽음을 외면할 때 진실도 외면한다 97 / 77. 마음의 공간 98 / 78. 생명체의 의미 98 / 79. 나 98 / 80. 나를 모른다 99 / 81. 자화상의 틀 100 / 82. 보고픔에 대한 의식과 무의식 100

83. 연락을 기다린다는 것 101 / 84. 인간이기 때문에 102 / 85. 감정의 거치적거림 103 / 86. 본능적 감각 103 / 87. 넘치는 감정이 담기는 일기 104 / 88. 엄마로서 미술사 교육 106 / 89. 자유에 대한 생각 108 / 90. 성경 공부 모임, 다락방 108 / 91. 엄마의 마음 109 / 92. 이해한다는 것의 위로 109 / 93. 코에 걸면 코걸이 귀에 걸면 귀걸이 111 / 94. 작은 행복의 조건 하나 111 / 95. 익스큐즈 114 / 96. 운명적 만남과 선택 114 / 97. 보이지도 않은 작은 후원 116 / 98. 일상의 감사 118 / 99. 아버지 감사합니다 118 / 100. 불안한 것 120 / 101. 마음에 담기는 인연들 121 / 102. 아버지의 마음 124 / 103. 타인에 대한 실망 124 / 104. 중요한 것 127 / 105. 옆지기 친구 130 / 106. 가족의 기도 132 / 107. 꿈 133 / 108. 매일매일의 다짐 135 / 109. 일상의 선물과 진실된 전문가 135 / 110. 지천명 137 / 111. 가족의 쫑알거림 140 / 112. 중년 증상 140 / 113. 내 거야 141 / 114. 담아 둘 때 쪽팔리는 것 141 / 115. 감정의 흐름 141 / 116. 아픔의 전염 146 / 117. 쉬지 않는 심장 146 / 118. 평생의 숙제 146 / 119. 딱 거기까지 147 / 120. 사람 간의 관계 의미 149 / 121. 새로움의 기대 149 / 122. 다짐 149 / 123. 결혼한 자녀를 향한 부모의 마음 150 / 124. 관계에 대한 짧은 단상 150

125. 이별 속에 시간을 두다 152 / 126. 과거와 현재가 교차하는 데이트 152 / 127. 당혹스러운 감정들 152 / 128. 기독교인이라고 하는 사업가 154 / 129. 이해는 어디까지 154 / 130. 성경적 남편과 아내 155 / 131. 부모는 그래야 한다 혹은 그러하다 155 / 132. 삶의 가치 156 / 133. 보물 156 / 134. 인간을 이해한다는 것 157 / 135. 옆지기 157 / 136. 진짜 부부가 되어가는 과정 159 / 137. 사각 심장 160 / 138. 일상의 기도 160 / 139. 의미와 답 161 / 140. 진리 161 / 141. 뻘짓 161 / 142. 익어 가는 감성과 사랑 162 / 143. 선을 넘지 않는다는 것 163 / 144. 옆지기가 사랑하는 법 164 / 145. 이웃을 향한 사랑 166 / 146. 할 수 없는 상황 167 / 147. 정해진 시간의 흐름 167 / 148. 좋은 소식이 주는 감사함 168 / 149. 시간 고무줄 169 / 150. 뭔가를 정의한다는 것 169 / 151. 상대적인 것과 참사랑 170 / 152. 작품이 주는 감흥 172 / 153. 화목한 추석 172 / 154. 어긋남의 피곤 173 / 155. 다르다는 것 173 / 156. 뉴욕맨 174 / 157. 자녀의 성장 174 / 158. 하고 싶은 말을 한다는 것 176 / 159. 타인의 행복이 내 행복이 되는 경우도 있다 176 / 160. 분별함 177 / 161. 사랑의 한계 178 / 162. 도돌이표 178 / 163. 좌절 속에 다시 하나님 179 / 보는 것과 보여지는 것의 스케치 181

에필로그 209

163 페이지

예술가의 일기장 1

1. 예술가의 몸

호흡하는 붓으로
안과 밖을 구분 짓는 경계선을 그을 때
살아있는 작품이 되어 간다.

숨결이 내는 소리로
마음의 공간이 아름다운 떨림으로 울려질 때
머리는 새로운 창조물을 그린다.

머금는 시선으로
감탄사조차 낼 수 없는 아름다움의 발견은
새로운 시공간에 몸으로 놓인다.

인천공항, 2016

데이비드 개럿(David Garrett)은 영화 〈피가니니〉를 보고 알게 된 바이올리니스트이다. 그의 긴 머리, 깊은 눈, 잘생기고 섹시한 얼굴은 영화의 몰입도에 좋은 효과를 준다. 데이비드 개럿의 예처럼 예술가의 아름다운 육체는 여러 가지 면에서 시너지 효과를 주는 점이 많지만 모든 경우가 그렇지만은 않다. 반대로 훨씬 더 불리하게 작용되는 경우에는 인간의 고약한 질투가 쾌감으로 변질되어 "얼굴 값도 못하네."라는 묘한 빈정거림의 감정을 느낀다. 예술가의 몸은 젊은 동안에 아름다웠든 아니든 시간의 흐름에 따라 작업에도 투영된다. 노화되고 병듦 또한 작업의 한 부분과 자연의 일부로 관조한다.

2014. 08. 19.

Nars Foundation, Brooklyn, New York, 2016

작가의 책상, Brooklyn, New York, 2016

2. 사랑이 없는 믿음

누군가가 내게 기독교가 뭔지 물어보고 한마디로 정의하라고 한다면 '사랑'이라고 답할 것이다. 그러나 종종 같은 믿음을 가진 기독교인들에게 깊은 회의가 드는 일이 많아 왜 그런지 스스로 깊이 묵상해 보면, 자기 의를 드러냄이 강한 희생과 '사랑'이 없는 신앙을 가진 이들이 불편해서이다. '참'으로 존재해야 할 진리의 성경 말씀이 사람들의 불완전한 인격과 인성으로 왜곡되고 변형되는 것을 향한 본능적 거부감이다. 그래서 "서로 사랑하라, 힘을 다해 서로 사랑하라."라고 하신 예수님의 계명은 인간이 인간을 사랑하는 것 즉, 이타적 사랑이 너무나 어렵기에 말씀하신 것이 아닐까 생각해 본다. 그리고 잠시 회개하는 마음으로 내 신앙의 중심을 점검한다.

아주 가끔 보석처럼 빛나는, 섬김의 존재감이 드러나지 않게 일하시는 평신도도 소수 있다. 이들의 힘은 작지만 강력하다. 그들의 진정성 있는 따뜻한 사랑이 내 마음을 위로해 줄 뿐만 아니라 더 나아가 궁극적으로 이들처럼 되고 싶다는 마음이 세상의 현상들을 조금은 편안하게 바라보게 하며 나의 신앙적인 태도를 겸손하게 한다.

2014. 08. 20

3. 틀 속의 나 그리고 틀 밖의 나

모든 것에 철두철미한 부모님이 있는 이들은 부모님을 닮아 가거나 혹은 부모님에게서 세뇌된 여러 틀을 깨는 데 삶의 많은 시간을 보낸다. 나의 경우는 강인한 부모님 덕분에 삶을 바라보는 남다른 시선들이 있어 삶을 대하는 태도에서 약점이나 단점을 장점으로 발전시킨 부분이 많다. 그러나 이런 경우는 부모님을 향한 존경심이 기본적으로 형성되어 있을 때 가능하다. 같은 부모 밑에서 태어나도 자녀마다 부모님을 바라보는 시선과 생각이 다르게 형성되고 그 다름은 부모님의 삶을 이해하는 정도에 따라 삶에 적용된다.

나는 어느 시점까지는 부모님으로부터 온 삶의 태도가 긍정적인 것 외에 다른 것이 있다는 것을 알지 못했다. 하지만 삶의 여러 가지 굴곡을 겪으면서 그 굴곡 속에는 부모님에게서 학습된 틀로 인한 것들이 작용되었음을 이해하면서 다른 세상의 다른 관점들이 보였다. 균형과 질서의 재해석이 참어른으로 다가가는 시점인 것 같다.

2014. 10. 17

사랑

그냥 미소 지어지는 마음이 고맙습니다.
옆을 쳐다보니 함께 있음에 감사합니다.
쓴소리, 단소리, 된소리가 어우러져서 그립다고,
할 이야기가 많습니다.
지천명을 앞두고서야 사랑이 무지개 빛깔처럼 다양한 색이 있음을 압니다.

갖가지 사랑의 색을 담은 마음이 고맙습니다.
모나지 않게 혼합된 은은한 색에 감사합니다.
어우러져서 발하는 빛에 또 사랑의 이야기를 실어 봅니다.
남아있는 삶에 소중함과 감사함을 나눌 수 이들이 있어 더 행복합니다.

잔잔한 마음으로 미워했던 이들도 사랑 나무 아래에 심어 봅니다.
뿌리에 섞여서 하나의 사랑 나무로 존재성을 알립니다.
아파 보이는 나뭇가지가 보입니다. 물끄러미 바라보며 다듬어 봅니다.
너와 나 아닌 우리의 모습을 한 사랑 나무가 보입니다.

모든 가능성을 가져다 주는 삶의 선물,
'사랑'이 내 곁에 있어 감사합니다.

2014. 12. 20

Nars Foundation, Brooklyn, New York, 2016

4. 나이가 들어간다는 것

나이가 들어간다는 것은 세상의 보이지 않는 진실을 너무 많이 보고 안다는 것이다. '악'이냐 '선'이냐 하는 판단도 목적에 따라 얼마든지 바뀔 수 있음을 안다는 것에 포함한다. 이익에 따라 움직이는 인간의 욕망을 비난할 것인지 아닌지는 각자의 상황에 따라 납득할 만한 정도의 크기가 다를 것이다. 사회에서 맺어지는 관계들을 살펴보면 작게는 서너 명, 많게는 수천, 수만 명이 모이는 집단 안에서는 늘 조직을 만들고 그 조직 속에서 보이거나 보이지 않는 룰에 따라 서열이 형성된다. '옆지기(내 옆을 소중하게 지켜주는 남편)'의 건축 관련 일 때문에 늘 보고 듣는 인간의 다양한 모습 중에 '우스꽝스러운 서열들', 이러한 세상의 이치를 알아버린 '나'이지만 순수함과 열정으로 가득 찬 이들을 보면 마냥 예뻐 보이는 내 안의 작아진 공간에 수줍게 담는다.

2015. 01. 12

◂◂ 사각은 태어남과 동시에 만나는 공간이며 죽음을 마무리하는 공간이기도 하다. 인간은 다양한 사각 공간의 이동과 이동으로 하루를 살아가고 어느 순간 자신을 돌아볼 때 공간 속에 존재했던 자신의 본질에 대한 뿌리를 찾는다. 검은색은 성장하면서 닫아버린 내면의 자아이다. 문화 사회 도덕적 가치관이 형성되면서 어릴 적 가졌던 작은 자아의 소리는 흔적조차 없다. 검은색 자아의 사각 공간은 덧붙이거나 빼도 같은 색상이다. 하지만 영의 시선으로 무한대로 빼다 보면 빛이 존재하는 흰색이 검은색과 함께 그 존재감을 드러낸다. 또한 생명의 빨간색, 자연의 녹색, 파랑, 황색은 우리가 살아가는 시공간의 기본 색채로 함께한다.

5. 하나님과 소통이 잘되는가?

하나님과 교제의 어려움을 신앙심이 남다른 언니에게 얘기해 보았다.

나: "언니처럼 기도하면, 하나님과 대화가 된다면 삶이 참 단순해질 텐데."
언니: "하나님은 대화해 주시는데 영이 어두워서 못 듣는 거야. 자아를 버리는 온전한 회개를 하고 대화를 위해 죽을 힘을 다해 기도하고 영이 열리면 가능하게 될거야."

그런가? 기도하고, 추측하고, 응답이라 생각하고 또 오류 속에 헷갈리고 시간이 지나면 은혜가 많았던 삶이었다. 준비를 하는 이 침묵의 시간들은 습관을 바꾸고 생각도 바꾸고. 태도로서 본심을 얘기하고, 내게 남아 있는 시간도 생각해 보게 한다.

내가 할 수 없는 일이 눈앞에 닥쳤을 때 괴로움이라는 감정 대신 감사의 고백을 하는 나는 언제쯤 될 수 있을까? 오늘은 힘들다. 내일은 더 힘들지 모른다. 하지만 그 다음 날은 아름다울 수 있다.

2015. 01. 26

Process, Nars Foundation, Brooklyn, New York, 2016

레드의 시작점은 생명의 움직임이며 사각의 틀 위에 덮여 있는 레드는 형식을 무너뜨린다.
심장과 이어지는 레드 색채는 생명의 시작점으로 이어지며 사각형을 그리며 삶을 닮는다.

6. 과거가 현재로 다가오는 날

때론 과거가 현재로 다가오는 날이 있다. 성숙하지 못했던 일들이 현실과 교차되어서 뜬금없이 삶의 여정을 관조자의 시선으로 바라보게 된다. 그렇지만 지금 내게 스스로 미소 짓는 여유는 온전하기를 원하나 그렇지 못한 인간을 다독거림이며 희망을 포기하지 않는 다짐이다. 오늘 시작이 꾸리해서 그런지 온종일 꾸리하다.

2015. 03. 27

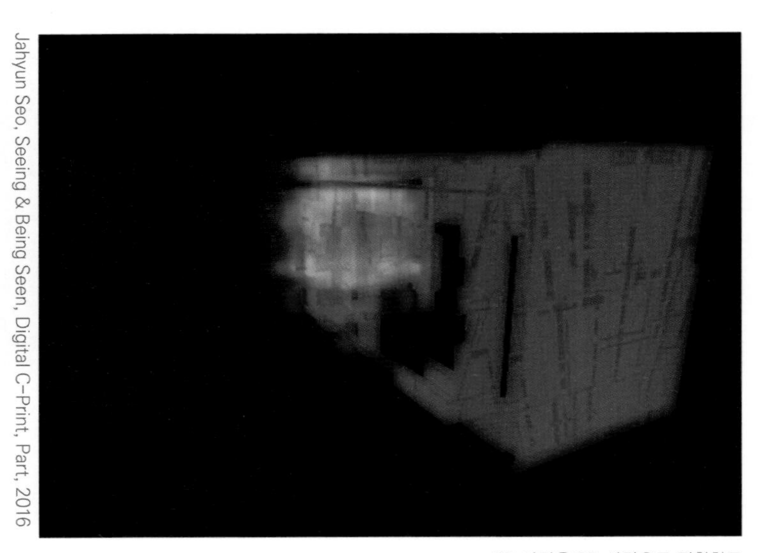

Jahyun Seo, Seeing & Being Seen, Digital C-Print, Part, 2016

2D 사각을 3D 사각으로 전환하고
컴퓨터에서 수십, 수백 번의 중첩을 통해
새로운 형태의 공간을 만들어 낸다.
이것은 현대 사회에 다양한 목적에 가공되는
SNS 공간에 표류하는 우리 삶의 모습과 비슷하다.

7. 프로페셔널 직업의식

스승님이 언젠가 평론가는 작가의 실제 작품을 보고 글을 써야 한다고 했다. 그 이후에 나의 확장된 생각은 평론가뿐만 아니라 기자도 현장에 가서 보고 느낀 것을 써야 한다는 생각이 들었다. 그리고 이들과 여러가지 공생의 모양으로 맞물려 있는 작가들은 작품을 잘해야 한다. 여기서 '잘'에는 여러 개념이 들어 있겠지만 작가의 시선으로 다듬어진 작품, 기왕이면 잘된, 좋은, 개념이 있는, 인성 좋고 인격을 갖춘 이의 예술 작품이면 좋겠다. 그리고 격도 있었으면 좋겠고 영혼이 정결했으면 한다. 사실은 이것이 어렵고 어려운 일이다.

기본이 점점 없어지는 사회에 기본을 지키자고 외치는 것이 우습지만 객관적으로 극으로 가는 선택은 하지 않는 것이 현명할 터인데 가끔은 미친 척하고도 싶다 .

2015. 04. 04

8. 서양미술사

미술을 전공으로 시작한 이에게 필독서는 에른스트 곰브리치(Sir Ernst Hans Josef Gombrich OM CBE)가 쓴 《서양미술사》이다. 그런데 이 책은 내용도 방대하지만 페이지가 상당히 많아서 보기만 해도 '미술'이라는 것이 어렵게 느껴진다. 하지만 동시대의 작업과 작가로서의 위치를 알기 위해서는 미술의 역사로 평가되는 이 책을 안 읽을 수가 없다. 그래서 이 책을 중심으로 요약하고, 풀어낸 수많은 책이 있기에 쉬운 책부터 개념을 잡고 이 책을 읽어도 된다. 그런데 클래식은 클래식, 명품은 명품의 가치가 있다. 고전이 주는 깊이에 미술이라는 것을 생각해 보면 좋겠다. 번역이 다소 어렵고 딱딱해도 작가로서의 첫걸음에 긴장감을 주는 책으로는 최고인 것 같다.

2015. 09. 26

9. 키스

예술의 전당에 모딜리아니를 보러 갔다가 감상하게 된 산드로 키아(Sandro Chia) 작품 중 하나. 강렬한 색채에 이끌려 감상한 〈키스〉. 아직 생존 작가라 그런지 기획자가 너무 산만하게 욕심낸 것 같았다. 내 시선에선 〈키스〉 작품만 좋았다. 옆지기에게 산드로 키아의 키스 엽서만 몇 가지 사라고 했더니 "아이들도 있는데?" 그런다. "뭐래?" 작품으로만 감상하시길 바란다. 산드로 키아의 작품 〈키스〉의 선들은 간결하고 핵심적이라 설명이 필요 없다. 가끔 이렇게 예상치 못한 감동을 주는 작품을 만나는 재미는 예술 감상의 또 다른 묘미이다.

2015. 09. 26

Process, Nars Foundation, Brooklyn, New York, 2016

작업을 하다 보면 과정 중의 작업이 좋아서
중간에서 멈추고 싶은 시점이 있다.

10. 내 안에 눈이, 눈 안에 내가 있다

감은 눈 사이로 눈이 지나가고
아이의 사랑한다, 보고 싶다는 말이 슬프다.
한 해의 또 다른 한 해의 교차함이 영원이 반복될 것 같지만
우리의 마음은 무언가를 정리한다.

하얀 눈 속에서 나를 두어 볼까,
내 속에 눈을 두어 볼까…….

그냥 있어도 내 안에 눈이, 눈 안에 내가 있다.

나를 다듬어 주는 영적인 존재.
또 한 번의 터치 속에 감사한다.

2015. 12. 03

Brooklyn, New York, 2016

11. 다른 이야기

웃음 사이에서 방황한다.
하얀 이 사이에서 쏟아 나오는 많은 이야기.
혼자만의 시간 속에서
다시 담는 마음의 공간

세상은 세상인데 세상을 버리고 싶은 충동
위로하는 자아
나만의 시간
나만의 공간

슬픔 안의 외로움
웃음 속의 외로움

외로운 구름 속에서
껴이껴이 하는 자아

분해하는 사랑
모으는 사랑
매일매일 반복한다.

언젠가 끝날 반복 속에서 시간은 분명히 말할 것이다.
진짜 끝이라고…….

2015. 12. 03

12. 슬픈 멜로디

늘어지는 손가락 사이로 새겨지는 검은 글자들
취한 혹은 몽상의 연속 속에서
깨어나고 싶지 않은 영혼

아직도 나를,
나를 주장하는 자아

달콤함 속에서
벗어나려는 몸짓
애처로운 멜로디
나의 멜로디인가…….

흐느적거리는 저 물체의 실재는
존재하지 않는 착각의 쓰레기
혼자 걷는 시간들.

너무 멀리 걸어왔다.
다시 발길을 돌리자.
길 잃어 영영 갈 길 못 찾기 전에…….

2015. 12. 03

13. 보이지 않는, 들리지 않는 음악

듣고 싶은 음악을 찾다가 손의 움직임이 멈추었다.
어딘가? 어디에 있는가……. 원하는 그것!
나를 감싸는 멜로디 속에 잠시 나를 놓아본다.
무의식은 날갯짓을 거창하게 하며
날아간다.
멀리 멀리 계속 간다
더는 멜로디가 들리지 않는다.
부정된 멜로디, 그것은 소음이었고
소음 속에서 막 벗어난 나는
또 다른 멜로디를 찾는다.

어디에 있는가…….
보이지도 않는구나.
소리가.

2015. 12. 03

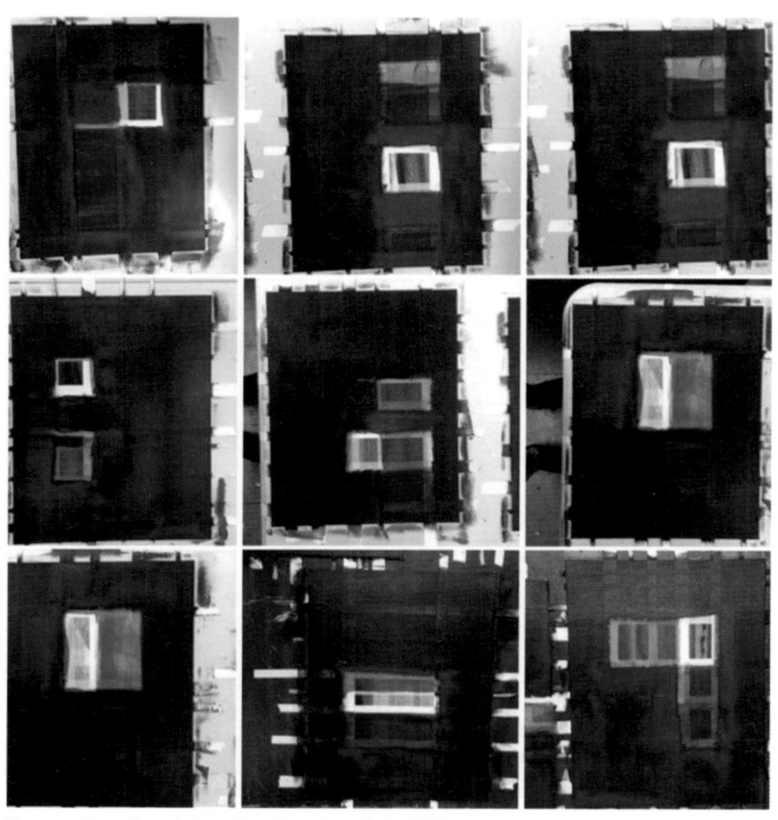

Process, Nars Foundation, Brooklyn, New York, 2016

14. 영원한 회복

휙
나를 감싸던 어둠의 안개들
숨을 쉬기도 벅찬 공포의 짧은 시간 속에
허우적거렸던 육체

잠을 자기 위해 누웠던 침대 위로
쏟아져 내리던, 보이지 않던 무게들…….
이제 더는 안개의 모습이든 존재감이 없는 무게이든
나타나지 않는다.

회복인가?
영원한 회복

그랬으면 정말 좋겠다.

2015. 12. 03

15. 아름다움

잘 짜인 질서 속에 행복함을 느낀다.
결국 아름다움의 실체는 조형의 원리라는 건가?
리듬감 있게 움직이는 소리들…….
나의 오감은 아름다움에 중독되었나 보다.
작은 어긋남을 싫어한다.
다시 돌리자.

2015. 12. 03

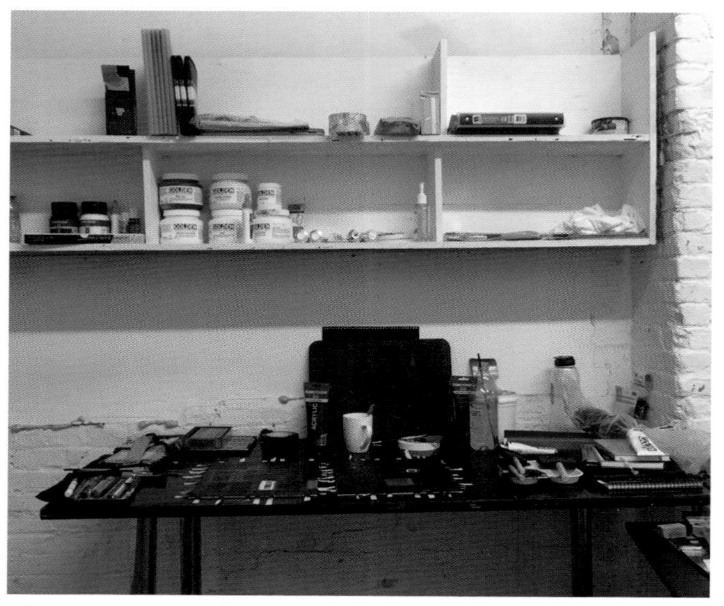

작업실, Brooklyn, New York, 2016

16. 하얀 나라의 풍경

따뜻한 손, 숨결
함께 시간을 쌓아간다는 것
또 다른 즐거움

머리 뒤로 쌓인
하얀 나라의 풍경
언젠간
내 머리 위에도 생겨날
하얀 나라의 풍경

조용한 숨소리
따뜻한 마음

늙어감에 거뜬히 동참하는, 함께하는 마음
내게 참 사랑, 너에게 참 사랑
우리는 그냥 그렇게
아무 이유 없이, 설명 없이
행복하다.

2015. 12. 04

17. 안다는 것

누군가 나를 잘 안다고 할 때는
그냥 물끄러미 볼 수밖에 없다.
내가 나를 아직도 잘 모르고,
나의 멘털이 어떤 구조인지 모를 때가 많기에

사람과의 관계, 생각하는 긴장감이 생긴다.
그 시간에 사진을 찍듯이
그것만 기억하고 충실하자.

2015. 12. 05

뉴욕의 전철
작업실 가는 길
_ R트레인

18. 착한 사람이 좋다

침대에 누워 하늘을 보니 낮에 나를 즐겁게 하던 구름과 눈자락은 보이지 않는다. 창문을 통해 가까이 보이는 이웃 아파트 브랜드 네임만이 아파트의 존재감을 알린다. 존재감, 누군가 인식하고 불러줄 때 의미가 있는 사람 간의 존재감은 관계성에 의미가 있지만 나는 그 의미마저 귀찮을 시기에 깊은 내적 수면에 들어간다. 반복되는 긴 수면을 지나 조금씩 깨어나는 시간에 기쁜 소식 하나가 흥분과 긴장감 속으로 데려간다. 그리고 또 다른 나의 모습 속에 요동치는 새로운 생명의 느낌, 긴 시간, 긴 시간 짧은 시간 상관없이 그냥 멈추기를 잠시 빌어본다.

잠시 후,
시공간의 요동 속에서 읊조린다.
오늘의 느낌 하나,
착한 사람이 좋다!

2016. 01. 16

Process, Nars Foundation, Brooklyn, New York, 2016

19. 스치는 인연, 스치는 오해

그냥 스쳐갈 뿐인데 오해는? 오해 안 한다. 깊이 마음을 서로 나눈다는 것은 참 행복한 일이다. 신뢰하는 관계, 내게는 그런 이가 많음에 감사한다.

2016. 01. 16

20. 위로의 사진

큰딸이 귀여운 강아지 사진 두장을 보내왔다.
얼마전, 내가 겪은 다양한 감정들을 그냥 지나치지 않고 맘에 담아 엄마에게 위로를 보내는 행동이었다.
나보다 나은 성품을 가진 아이들…….
그게 내겐 하나님의 선물이고 은혜다.

2016. 01. 16

21. 연약함에 대한 단상

옆지기

옆지기 덕분에 하루에도 수시로 천국과 지옥을 넘나든다. 사랑을 갈구하고 천사의 미소를 지을 때면 나도 그 맛에 중독되어 행복함을 느끼지만 나와 맞지 않는 생각과 행동은 극도의 분노감을 유발한다. 인생은 이렇게 하루하루가 천국과 지옥 속에서 쌓이는 기억인가? 옆지기의 코고는 소리가 나의 눈을 피곤하게 한다. 눈으로 수십 번을 친다.
"멈춰라!"

하나님은 아신다.

오늘은 내가 나의 연약함을 수시로 하나님께 혼자 떠든다는 사실을 알았다. 그리고 참 용기가 없음도…….

어떻게 많은 이와 깊이 교제할 수가 있겠는가?

여력도 없고 시간도 없다. 보이는 대로 판단하는 이들은 그들의 삶이 그럴 것이다. 보이는 것 외의 것을 보는 심성을 지닌 이들.
이들이 내겐 진정한 친구이다. 비록 그 수가 적어도 나는 그들과 늘 행복하다.

착각도 싫고, 불편함도 싫다.

오글거림이 내게 다가오는 것도 싫다.
있는 그대로 살아가자. 그리고 평안하게 "샬롬"이라고 말하자.
이제는 더 말을 아끼고, 더 신중하게, 더 집중하자.

남동생

이상하기는 하다. 성인이 된 남동생들이 어느 순간 타인처럼 느껴진다. 오버랩과 단절된 시공간이 있어서 그런지 난 그 동생들이 아직도 세 살 같아 보인다.

2016. 01. 16

뉴욕 풍경, 2016

22. 철이 든다는 것

우리는 언제 철이 드는 걸까? 20대가 되는 순간 어른이 되었다는 생각을 하고 자신이 보고 느낀 대로 판단하며 자기 주장을 하곤 했다. 그런데 쉰을 바로 앞에 둔 지금, 뒤늦게 철이 드는 느낌은 무엇인가? 세계를 이해하고 관조하고 생각하고 그래도 수많은 오류가 보인다. 지나온 시절의 오류가 나를 성장시키고 있는가? 아침에 새로이 무언가를 깨달은 듯 통쾌하게 웃고 하루를 시작하는 오늘, 푸른 하늘이 즐겁다.

2016. 01.18

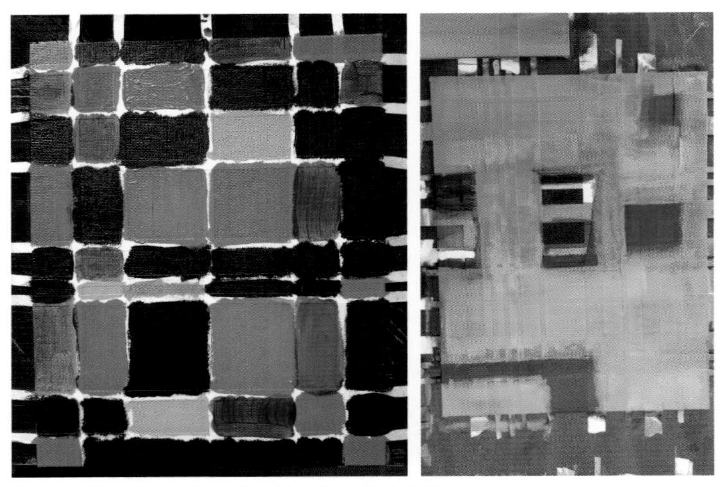

Process, Nars Foundation, Brooklyn, New York, 2016

23. 창업 태도의 조건

제자들과 아트 창업을 위한 2차 모임을 진행했다. 올해 추진할 개인 전시와 페어에 관한 구체적인 사항을 얘기하고 미래의 꿈들을 공유했다. 창업은 각 개인의 성실, 인내를 기본으로 하는 자기 절제가 필수 조건이다. 모든 제자들이 그것을 갖추면 좋겠지만 현실은 늘 안타깝다.

2016. 02. 23

24. 무엇이 다른가?

참…… 잘 잔다. 나도 그 고요함 속에 있고 싶다. 눈두덩이가 뜨거워 지그시 감고 다시 잠을 청해 본다. 후회가 안 되는 용기라면 좋겠지만 두려움 속에 갇힌 자아는 "삶에서 열정과 용기는 별개'라고 한다." 그래서 나는 지금을 사랑하고 지금에 바르게 충실한다.

2016. 02. 23

25. 가족 간의 오해와 상처

가족 간의 오해는 상처가 잘 아물지 않는다. 안 볼 사이라면 할 말 다하고 안 보면 되겠지만, 언젠가는 봐야 하는 가족이란 울타리 속 관계는 앙금이 쌓인 채 언제 터질지 모를 화약을 마음에 품고 산다. 쌓인 상처들, 오해하는 상황들과 곡해하는 의미들, 이 모든 것이 신앙으로 해결되면 좋겠지만 인간의 본성은 늘 신앙의 힘을 앞선다. 그렇게 나약한 의지를 체념하고 하루하루를 살아간다. 다 그렇게 살아간다고 스스로에게 최면을 걸어 가며 하루를 또 마무리한다. 이럴 땐 내겐 하나님이 너무 멀다.

2016. 01. 24

26. 말

확실히 말을 많이 하다 보면 내가 누군지 잃어버릴 때가 많다.
흔한 인연…….

2016. 01. 26

Jahyun Seo, Seeing & Being Seen, Digital C-Print, Part, 2016

27. 인연

내겐 참 좋은 분이 많다. 비록 사교적이진 않아 수는 적어도 진솔한 분이 많기에 나름 행복하다고 생각하나 이들 중 몇 분이 각기 다른 모습으로 비쳐 아프다. 내가 해 줄 수 있는 것도 없기에 이들과 내가 계속 행복했음을 바라는 것도 욕심인가? 우연이 인연으로, 필연이 또 섭리적 만남으 로 주가 주시는 은혜 속에 나는 무엇을 보고 느끼고 생각하고 행하고 있는지.

사랑하는 선배……
사랑하는 지인……

다 회복되어 같이들 오래오래 늙어감을 보고 싶다. 잠시 내게 주어지는 혼란들은 내 마음속 공간의 유연성이 부족해서 오는 것. 조금의 아픔은 감당할 수 있는 나…… 작업을 구상하며 그 느낌을 글자 속에 담아 본다.

2016. 01. 27

28. 음식 속 사랑

역시 백화점 음식은 맛이 없다. 비주얼에 혹해서 주섬주섬 사온 음식들을 몇 개 먹다가 젓가락을 내려놓는다. 시엄니가 싸 주시는 겉이 너덜너덜한 김밥이 최고다.

2016. 01. 27

29. 늙은이의 사랑

내게 사랑을 더 느낄 수 있는 감정이 남아 있는가? 세월에 사랑을 잊어버려서 그런 건가? 누군가를 사랑했다면 소소히 기록하지 못하는 수많은 감정이 세포에 녹아 있다. 내게 그런 감정들이 아직도 남아 있다면 소유하는 욕심보다 내 감정을 그냥 나눠 주리라.

내게 남은 시간……
감사하는 시간……

하나님 자녀로 살기에도 버거운 시간, 내게 남은 분노들이 사라지길 기도하며, 정말 아름다운 사람이 되고 싶다.

2016. 01. 27

30. 슬픈 지금

지금 슬프다. 나의 이 감정들을 작업에 넣어야 하는데 이번에 납품할 작업들에 기울이는 마음이 관조자의 시선이다. 이만익 선생께서 생전에 2007년의 내 작품들을 보고 "서 대표는 인간에 대한 깊은 긍휼함을 가지고 있어서 좋은 작가가 될 거다."라고 하셨던 말은 늘 여러 가지 일로 깊이 집중하지 못하고 작업 환경이 좋지 못해서 분노하는 내게 위로가 된다.

가진 것이 많을 때는 늘 양보하느라 내 것을 못 챙기고 없을 때는 없어서 못 챙기고 시간이 휙 지나가니 체력이 달린다. 평생 모자람 속에서 갈증으로 헉헉거리다 제풀에 지치는 인생은 싫다. 자족이라는 스스로의 위로도 패배자 느낌이 들어서 싫다. 아직도 싫은 게 많은 나…….

아직도 멀었다. 인생 선배들과 존경하는 분들은 싫음도 이겨낸 이들이다. 나도 할 것이다. 그 싫음이 나의 한계점이라는 사실이고 강한 부정 속에 연약함이 있다.

며칠 전 심하게 싸운 언니의 카톡 메시지가 좀 전에 떴다. 내게 보내는 'SOS'이다. 자매여서 그런지 사랑 표현 방식이 너무 서툴다. 지독히도 사랑하면서 말이다.

아……

왜 자꾸 눈물이 나지? 청승도 골라서 한다.

2016. 01. 27

Jahyun Seo, Seeing & Being Seen, Digital C-Print, Part, 2017

31. 청소

요새는 왜 이렇게 청소를 많이 하는지 내가 겪은 고난의 시간 속에 청소의 달인이 된 듯하다. 제법 머리가 큰 아이에게 너 이거 비밀인데…… 아빠에게 얘기하면 안 된다라고 서두를 꺼내다가 다시 삼켜 버린다. 조급해진 아이의 눈빛에 간단히 축약된 언어로 몇 마디 던진다. 만약에 엄마가 엄마의 인생을 다시 세팅한다면, 아이의 큰 눈에서 눈물이 글썽거린다. 생각만 해도 슬프다고 그러고 나선 엄마의 분노도 슬픔도 안다고 한다. 그런데 안 그랬으면 좋겠다고 한다.

자식, 다 컸네…….

2016. 01. 27

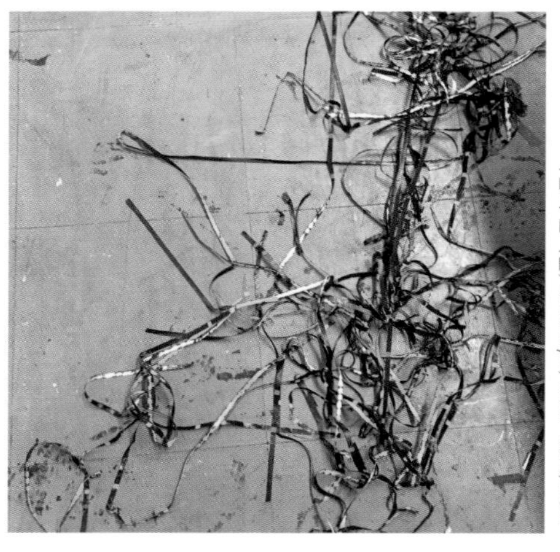

작업의 흔적들, Brooklyn, New York, 2017

32. 물듦

생이 저물어 가는 윗세대가 어리숙함을 드라마틱한 상황으로 변하게 만드는 것을 지켜보면서 하나로 존재해야만 하는 하나의 인격체인 '나'는 이미 이중인격자가 되어 있다.

2016. 01. 27

33. 열정

허리가 아프다. 눈도 튀어나오려고 하고 작업 마무리에 미쳐 가는구나. 어릴 적 반항심을 가지고~~ 흥얼거리던?
It's my life……
다시 들어도 굿이다.

지금은 다소 처져 있는 열정들을 콜!

2016. 01. 28

34. 기도하라고 하신다

예민한 날엔 밤을 새기도 하지만 꼭 새벽 2~3시에 깬다.
나의 이런 고백(?)에 나의 주변 가족들은 꼭 같은 소리를 한다.

"기도하라고 하신다."

이럴 때마다 나는 숨이 막혀 "오~주여"를 외치고 가족들은 날 보며 "오~주여"를 외친다.

이런 나를
하나님은 사랑하신다.

2016. 01. 29

35. 일상의 흔적

나에게 밴 좋은 습관은 일상의 흔적들을 기록으로 남긴다는 것이다. 그것이 일기든, 그냥 의미 없는 끄적거림이든 내 삶의 흔적으로……. 새벽에 배가 고파서 깬 것인지는 모르겠지만 단감을 하나 베어 먹고도 잠이 안 와서 지나간 기억들을 조금 끄집어내 본다.

2016. 01. 29

뉴욕 나스 파운데이션에서의 첫 번째 프리젠테이션, Brooklyn, New York, 2016

2016년 8월, 뉴욕에 도착하자마자 그해 제일 더운 날에 정장을 입고 발표를 했다. 그나마 겉옷은 다른 작가의 권유로 벗기는 했지만 문화 차이를 다시 한번 느꼈다. 발표 후 돌아오는 전철 안에서 만감이 교차해 혼자서 웃다가 찔끔 울다가 흡사 실성한 사람처럼 행동했다. 그것은 늦은 나이의 도전에 스스로의 격한 감동이 있어서, 다른 한편으로는 너무 형편없는 영어 실력으로 발표한 것이 너무 창피해 반복적으로 곱씹으며 혼자서 웃다가 울다가를 했지만 이후 내겐 이 모든 것이 작업과 발표의 배수진으로 작용했다.

Jahyun Seo 작가 토크,
Seeing & Being Seen, Digital C-Print & Installation, 2017

36. 솔직함의 나이

예전의 나는 솔직함이 트레이드마크였다. 나이가 들면서 세상에 하고 싶은 말을 다 하고 살면 안 된다는 '법칙'을 익혔다.

'삼키는 훈련.'
목구멍인가? 마음과 머리인가?

친척 집을 다녀오신 시어머니. 손녀 자랑을 어지간히 하신 모양이다. 외국인 학생들을 유럽과 아시아를 합쳐서 뽑기에 명문대에 들어가기가 어렵다는데, 상당히 큰 금액의 우수학생 장학금을 받으니 기분이 무척 좋으셔서 큰 소리로 얘기를 하는데 옆지기가 내 얘기를 한다. 그 녀석을 위해 체계적인 준비를 해 왔던 나에 대한 칭찬에, 시어머니의 손녀 칭찬이 점점 줄어들더니 급기야 더는 아무 소리도 안 하신다. 내가 이때 목구멍으로 말을 삼켰던가? 아님 머리로 누르고 있었던가? 여든이 넘으신 시어머니의 개인적 인격의 소양 문제가 아니고, 인간의 본능적인 행동이기에 화가 나지는 않는다. 다만 나도 늙어서 인간적인 본능에 좌우되는 인격을 가지고 있으면 어떡하나……? 그런 두려움이 있다.

'내가 나를 바라보는 자기 반성의 한 부분이다.'_'타산지석'

2016. 01. 29

37. 영적인 메시지

행복한 투정이겠지만 집안에 강한 영적 지도자로 쓰임을 받는 지체가 있으면 좋은 점도 있지만 일상이 조금 괴롭다. 힘 빼고 얘기해 주면 좋겠지만, 강력한 메시지로 말씀들을 전한다. 그런데 메시지를 들을 때 나의 영적 상태에 따라 가끔은 힘이 많이 드는데 그 이유는 삶을 살아간다는 것이 마치 거창한, 거대한 계획 속에 개인의 인생 자체는 없는 것 같아서 급 우울해진다.

나에게는 교회 문화가 아직도 낯설고 어색하다. 북한 아이들이 이상한 목소리로 노래하는 공연을 볼 때 드는 괴리감이 교회에서도 느껴진다. 가끔 지나친 액션과 목소리로 기도하는 분들을 보면 말씀보다 거부감이 있는 그 괴리감이 먼저 다가온다. 감동보다 형식이 먼저 있는 껍데기의 느낌들이 있다.

그들 중에 일반인보다 잔인하고 야비한 느낌을 주는 이들은 뭔가? 질투심에 절어 말을 왜곡해서 옮기는 이들은 또 뭔가? 나이가 들면서 사회에서 습득되는 관계의 예의를 눈 씻고 봐도 없는 이들, 탐욕이 보이는데 감추고 선한 웃음을 짓고 있는 이들…… 내게 그러한 모습들이 안 보이면 좋은데 내 안의 찌꺼기가 그것을 보게 한다.

하나님 뜻을 이제는 미리 묻지 않는다. 내가 왜곡할 수 있는 여지가 90퍼센트 이상이기 때문이다. 괴로운 시절에 수많은 질문을 하나님께 했다. 왜? 왜요? 왜! 하지만 겪을 만큼 다 겪고 나서야 하나님 뜻을 조금 알 수가 있었다.

2016. 01. 29

38. 도 닦는다

작업하면서 가장 힘들 때가 마무리할 시점이다. 특히 디지털 작업들은 고도의 집중력으로 이미지화한 것이 출력되었을 때 똑같이 나오도록 하기 위해 확대해서 핀이 나간 것이 없는지 일일이 체크해야 한다. 한마디로 마무리는 막노동인 것이다. 이미지 구상과 드로잉, 페인팅에 있는 재미는 없다. 형식적인 것만 남아서 체크하는데 이것의 밀도감이 작업의 완성도를 높인다. 마치 한 인간이 제대로 완성되어 갈 때 꼭 채워야 하는 인내심처럼~~

'오늘도 도 닦는다.'

2016. 01. 29

39. 역대하 14:6~13

하나님의 반복적 개입, 연약함으로 아무것도 할 수 없을 때 주만 바라보는 심정이 있다. 회복과 일상의 바쁨으로 과거의 기적과 은혜를 망각하지 말자. 내 영혼의 곤고함을 온전히 채워 줄 이는 없다. 깊은 내면의 계단에서 더욱더 내려가고자 하는 마음을 건드려 위로 올라오게 한 이는 하나님이시다. 오늘 주의 말씀을 듣고 묵상하며 현재 나의 모습을 되짚어본다.

2016. 01. 29

40. 산다는 것의 가치

어떻게 살아가야 하는지를 잊어버리지 말자. 죄는 늘 이슬비에 젖듯이 스며들고, 왜 사는지? 왜 살아야 하는지 근원적인 질문과 답을 잊어버리는 순간 삶의 가치는 없어진다.

2016. 02. 02

Process Nars Foundation, Brooklyn, New York, 2016

수많은 선택의 길이 있다. 어떤 길을 선택하고 어떤 모양의 사각형에 삶을 맡길 것인가?
과거의 사각형은 어떤 선들이 모여 만들어진 것인지를 생각해본다.

41. 하나님 자녀이기에

일상에서 회개를 잊어버리는 순간 내 안의 교만과 저속한 욕망들이 꿈틀댄다. 연약한 영육은 또다시 그간 수도 없이 반복된 오류를 다시 반복하며 살아가겠지만 내가 하나님의 자녀임을 잊지는 말자. 죗값, 피로 대가를 치른 예수님이 내게 아름답다고, 정결한 신부라고 한다. 그냥 받는 은혜와 용서에 나는, 조용히 눈물을 흘린다.

2016. 02. 02

42. 스승님과 나눈 삶의 담소

스승님이신 송번수 선생님과 사모님을 만나러 용인에 내려왔다. 늘 그랬듯이 시간 가는 줄 모르고 수시간 담소를 나누며 가슴 한가득 뿌듯한 기운을 얻고 돌아간다. 비록 지금은 큰 수술을 한 뒤라 다소 초췌하시지만 선생님의 모습은 늘 작가로서의 큰 기운이 느껴진다. 내 삶에서 큰 스승님을 만나서 배우고 또 삶의 한 자락을 공유하게 된 것이 너무 감사하다. 사랑하는 선생님의 내년 4월부터 6개월 동안 있을 과천 현대미술관 전시를 축복하며 건강해지시길 기도한다.

2016. 02. 05

Process, Nars Foundation, Brooklyn, New York, 2016

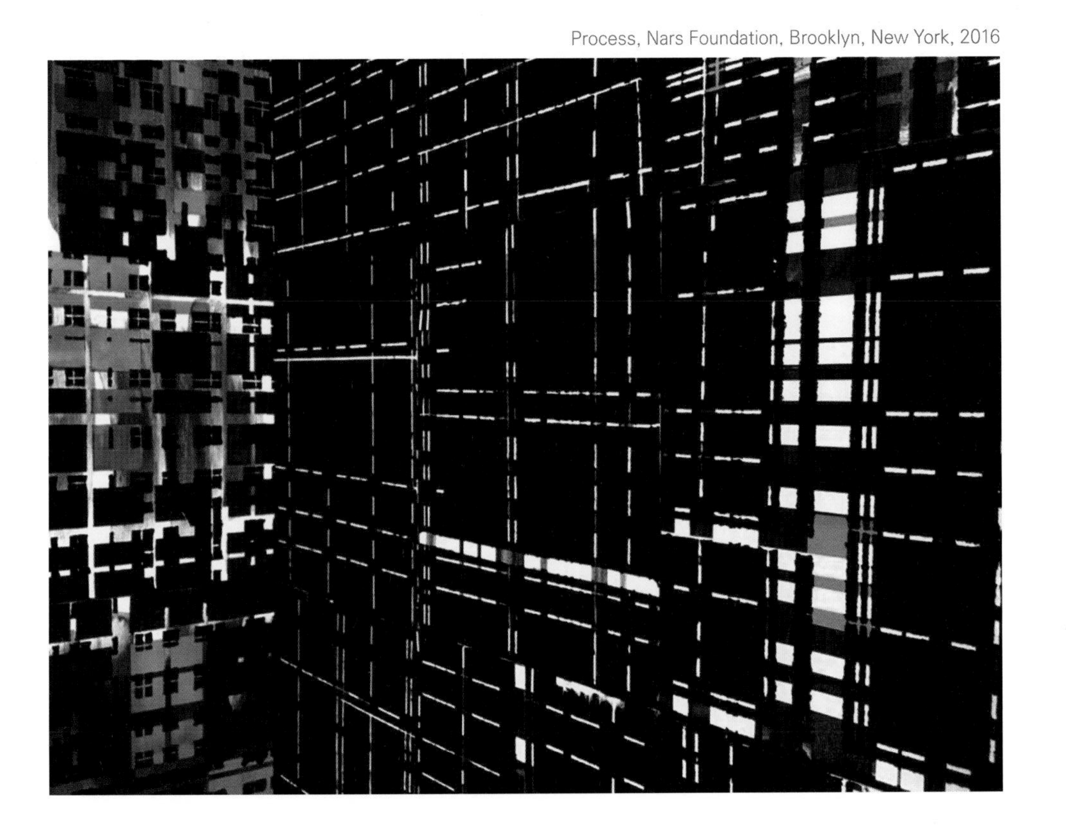

Nars Foundation, Open Studio, Brooklyn, New York, 2016

43. 깊은 포옹

깊은 포옹은 상대방을 향한 존경심과 사랑의 표현이다. 심장 깊숙이 파고드는 깊은 만족감은 생명의 본질을 느끼게 한다. 유럽식 인사에 비교적 익숙한 나는 친밀한 이들에게 가벼운 포옹을 하는 것이 그렇게 큰일은 아니다. 하지만 내가 진심으로 깊은 존경심과 사랑을 담아 포옹하는 이는 단 몇 분뿐이다.

오늘 늘 지혜로운 송 선생님의 사모님이 남편에게 기도를 부탁했다. 기도 요청에 답한 선생님의 건강과 작품세계를 위한 기도를 끝으로 나눈 깊은 포옹은 하나님이 주신 인간만이 누릴 수 있는 특별한 선물이었다.

2016. 02. 06

진시 준비 중 ,Brooklyn, New York, 2017

Nars Foundation, Open Studio, Brooklyn, New York, 2016

44. 열정과 욕망

납품이 밀려 있음에도 불구하고 명절이라는 핑계로 잠시 바쁨을 살짝 옆으로 놓아둔다. 내게 주어진 특별한 달란트는 내 주위 사람들이 내가 가진 뭔가에 자극을 받아 공부를 더 한다든지 발전적인 모습으로 살아가는 사람이 많다는 것이다. 그냥 한두 명이 아니라 기억이 안 날 정도로 많이 스쳐간 이들이 그랬기에, 어느 날 그것이 무엇인지를 곰곰이 생각해 본 적이 있었다.

열정과 욕망은 젊은 날에는 뒤섞인 모습으로 경계가 모호하다. 그러나 주위 사람이 다치게 되는 일이 많으면 그가 가진 것은 열정보다는 자신의 욕심을 채우려는 욕망이 주가 되는 경우가 많다. 반면 주위 사람들이 긍정적으로 바뀌고 좀더 발전된 모습으로 변화된다면 그가 가진 강력한 에너지는 열정인 것이다.

살아오면서 강한 에너지를 가진 이들을 종종 만났다. 중년이 된 지금 나의 시선 속에 보이는 자신만을 위한 중년들의 욕망은 추하다. 다듬어져 있는 인격은 희생 속에 드러나는 자연스러운 열정이다. 예술가라면 세상에 이름을 알리고 유명해지기를 원하지 않는 이가 있겠는가? 그러나 자기자신을 위해서만 사는 작가의 그림은 그가 아무리 세상에서 명성이 쌓이고 유명하다 한들 그의 그림에서 느꼈던 것은 꽹과리의 소음과 소나무 껍질의 거침밖에 없었다.

아직 내게 생명이 남아 있기에 희망을 가지고 속으로만 평가했던 몇몇 작가의 공허한 그림들이 생명력을 찾기를 기도해 본다. 그리고 나 또한 수많은 오류 속에서 범했던 욕망의 흔적들이 더는 나의 발목을 잡지 않고 선한 열정으로 바뀌도록 기도한다.

2016. 02. 06

45. 묘사의 언밸런스

동생들이 '나'를 정의할 땐 "무섭지만 멋있다."이고 하나뿐인 언니는 "싸가지는 없지만 의리가 있다."이며 울 아버지는 다 떨어진 옷을 입고 있어도 "멋있다."였다. 엄마는 팔 남매 중에 내가 제일 좋다고 하고, 울 두 딸은 늘 나를 이쁘다고 한다. 또 나를 제일 괴롭히기도 하고 제일 사랑하는 남편은 내가 하나님 말씀을 그리는 세계적인 화가가 될 거라고 수년 동안 나를 각인시켰다. 그러나 정작 나는 늘 영적으로 쓰러지고 자신감이 없다.

2016. 02. 06

Drawing , Nars Foundation, Brooklyn, New York, 2016

46. 예술가의 신체

통증이 있다. 어깨가 아프다…… 점점 아파 온다.
또 시작인 것 같다.
딥블루 컬러가 경쾌함을 주고 스피커에선 신해철의 '나에게 쓰는 편지'가 나온다.
우연인가?

2016. 02. 08

47. 피곤이 삶

쉬운 건 없다. 다만 피곤할 뿐이다.
눈이 버텨줘서 고마울 뿐…….

2016. 02. 10

48. 부모가 자녀에게 기대하는 것

아버지 생신이라 다들 모여 아침 식사를 했다. 아버지는 새삼스럽게 내게 품었던, 기대로 행했던 여러 일화를 꺼내 놓으시고 나에게만 각별했던 사랑을 또다시 드러내신다. 그리고 오늘, 아버지의 진심을 읽은 것은 내가 비록 수많은 좌절과 오류를 행했음에도 아직도 나를 믿고 포기하지 않으심을 느꼈다. 난 울컥거리는 마음과 말들을 삼켰다.
'아버지 생전에 꼭 효도하자.'

2016. 02. 15

49. 자료의 보관

한 달간 작업한 자료를 랜섬웨어 침투로 다 날렸다. PC하드디스크는 어제 교체했고 혹시나 해서 체크하라고 중요한 외장하드 한두 개를 보내고 종일 기다렸다. 2테라비트 외장하드는 복구 불가능이라 하고, 1테라비트 외장하드는 랜섬웨어가 반쯤 진행된 상태라며 이틀 정도 시간을 달라고 한다. 그 많은 자료 중에 정말 건져야 할 데이터는 무엇일까? 너무 황당해서인지 의외로 마음에 조급증도 없다. 정말 신기하게 기도하고 작업 파일을 넘긴 최근 것은 메일에 남아 있다. 이것도 다 하나님이 하시는 일인가?

2016. 02. 15

Nars Foundation, Open Studio, Brooklyn, New York, 2016

Process, Nars Foundation, Brooklyn, New York, 2017

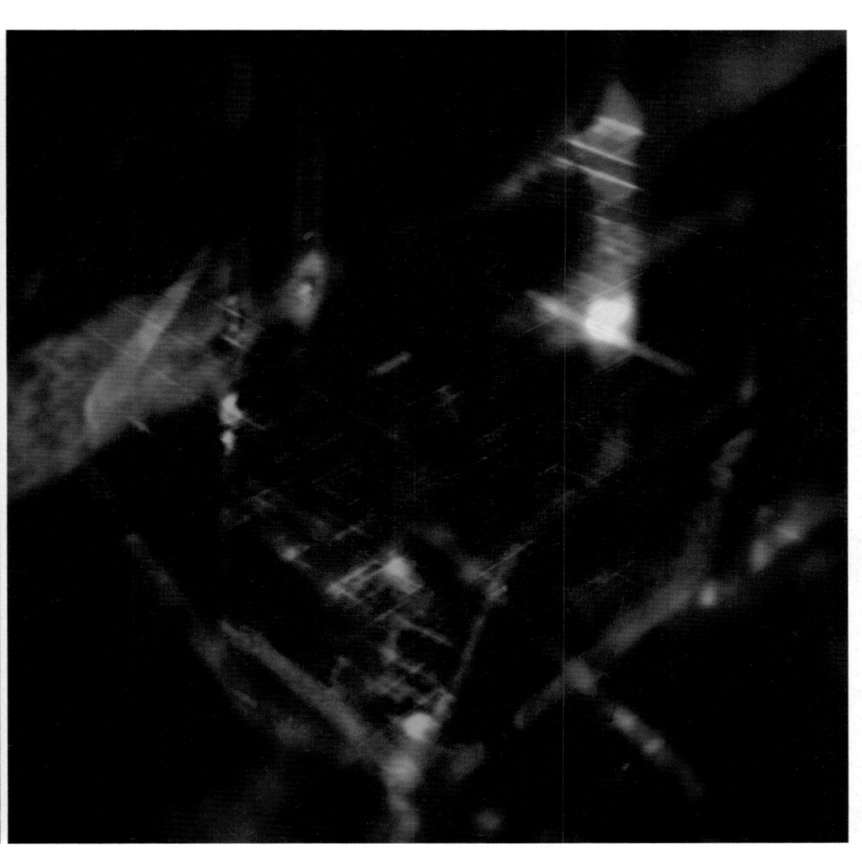

Jahyun Seo, Seeing & Being Seen, Digital C-Print, Part, 2017

50. 평범한 일상

하루,

그냥 또 하나의 평범한 하루
우선 외장하드 하나는 복구되었다.

일,

하나의 사건이지만 세 가지의 의견이 있다.
나의 태도는 첫 번째는 인내, 두 번째는 분노, 세 번째는 관조로 마무리했다.

쇼핑,

'깔쌈'한 운동복을 구입하니 마치 운동선수가 된 느낌이다. 트레이너와 운동 시간도 맞췄다. 트레이너가 이번에는 살살 진행해 주면 좋으련만 바로 음식 식단이 문자로 온다.

데이트,

늦은 저녁 옆지기와 심야 데이트로 경제 얘기를 하며 마무리했다.
사막의 오아시스, 현재 우리의 환경, 오아시스가 사라진 이후의 사막에 대비하는 지혜가 필요할 듯하다. 불안한 시대지만 다르게 본다면 기회도 많은 것이다.

2016. 02. 17

51. 연약함을 인정

인간이 악을 이길 순 없다. 하나님의 도움이 없이는…….

2016. 02. 18

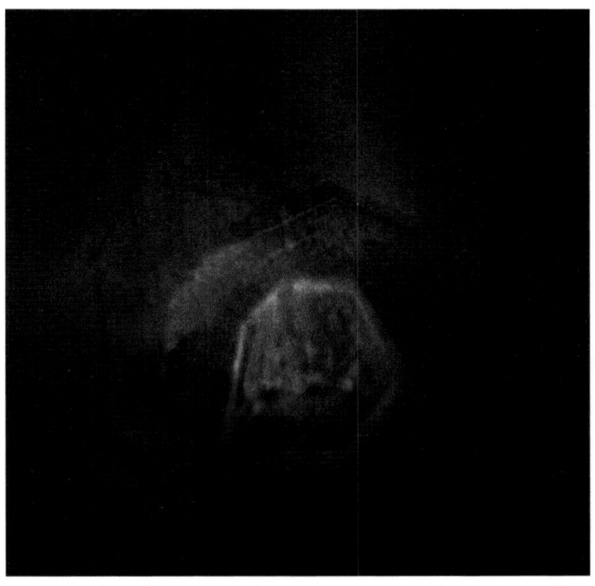

Jahyun Seo, Seeing & Being Seen, Digital C-Print, Part, 2017

52. 1인 기업

오늘 1인기업으로 활발히 활동하는 이승근, 염동균 작가를 아트창업_홍섬아디[1]에 초대했다. 이들은 세상을 보는 명철함을 예술과 함께 삶에 잘 녹여 살아있는 독특한 매력으로 소비자에게 어필하고 있었다. 두 작가는 같이 또 따로 활동하면서 세상에 자신들의 색깔을 칠하고 있었다. 마초적인 이미지, 신사적인 이미지 그리고 성실함을 기초로 한 프로의 모습이었다. 30대 초반의 이들을 바라보는 나의 시선은 세 가지였다. 열정과 순수함 그리고 영리함이었다. 일찍 세상에 대한 통찰력이 생길 때까지 혼자서 겪었을 수많은 앓이도 보였지만 지금의 멋진 모습이 나오게 된 좋은 거름이 아니었나 추측해 본다. 오늘 제자들을 위해 노하우를 거침없이 제공하는 두 작가를 위해 내가 할 수 있는 일은 그들이 지금의 모습을 오래오래 지속하길 기도하는 것뿐이다. 그리고 참 보기 힘든 출중한 외모만큼이나 멋진 청년들을 알게 되어서 감사했다.

2016. 02. 18

---

1 **홍섬아디(HFAD)**
홍섬아디는홍익대학교 섬유미술, 패션디자인 학부 및 대학원 출신의 아티스트들로 구성된 아트&디자인 그룹으로 다양한 분야의 브랜드 창업 및 예술 작품 활동을 하고 있다. 이들의 창작품들은 예술가의 시선으로 기업이미지에 담고 2015년 11월 14일 창단했다.

53. 경험한다는 것

보디빌딩하는 이들의 셀카 놀이를 이해하지 못했다. 그런데 내가 요사이 그러한 행위를 하고 있다. 밤에 근육통에 잠 못 이루지만 늘어나는 근육량에 행복해한다. 잠시 후 운동하러 가야 하는데 기록되는 복근 사진을 보며 혼자 즐겁다.

2016. 02. 21

54. 취미활동

어릴 때 취미였던 탱크 조립이 뜬금없이 생각난다. 지독히도 집착했던 조립 장난감들…….
어린 시절 기억이지만 밥도 잘 안 먹고 권총, 탱크, 자동차, 엔진 달린 탱크 등을 조립하는 데 집착했던 나의 어릴 적 모습들은 성인이 된 내 모습의 어느 부분엔가 분명히 남아 있을 것이다.

2016. 02. 22

55. 나이 듦과 어른 됨의 차이

나이가 많다고 다 지혜가 있는 것은 아니다. 어떻게 살아왔는지는 언행을 보면 느껴진다. 내 주위에도 안타까운 이가 보이는데 내가 조언해 줄 위치는 아니다. 내가 누군지를 거론하지 않고 한마디하고 싶은 얘기는……

"어떤 노동이든 대가는 지불하셔야 합니다."

그것이 비록 스승과 제자 사이라고 하더라도. 자신의 일로 혹사시키고 그것을 SNS에 자신의 열정으로 포장하지 말고, 일을 시킬 때는 합당한 보수와 좋은 밥 먹여 가며 일을 시키세요. 특히 학생인 제자들에게는 더욱더 잘해 주셔야 합니다.

선생님,

학생들을 재능 기부처럼 몇 밤을 새우게 하고 김밥이라…….

내가 오해를 한 것이면 정말 좋겠습니다.

2016. 02. 22

56. 진실이라는 벌

"우리는 인연을 맺음으로써
도움을 받기도 하지만
그에 못지않게 피해도 많이 당하는데
대부분의 피해는
진실 없는 사람에게
진실을 쏟아 부은 대가로 받는 벌이다."

오늘 눈에 들어온 문장이다.
출처는 모르겠고 여기저기 SNS에서…….
'진실이라는 벌', '벌'이라는 단어가 가슴에 와 닿는다.

2016. 02. 25

57. 옆지기의 일상

면도하는 기계음과 감미로운 피아노 곡이 나를 깨운다. 분주한 출근 준비 중에서도 머리를 스타일링해 달라는 옆지기의 요청에 흔쾌히 답하고 큰아이와 여행 일정을 위해 하루 스케줄을 의논한다.

2016. 02. 29

58. 중년의 움직임

40~50대, 나를 비롯한 많은 지인의 새로운 움직임들이 보인다. 모두 이 시기를 후회 없도록 잘 보내길 바란다. 후회할 시간이 남아 있지 않는 시기의 선택들이란 돌이키기 어렵기에 새로움은 더욱 어렵다.

2016. 02. 29

59. 어시스트

미용실에 가면 조직의 시스템이 한눈에 들어온다. 잔뜩 군기가 잡혀서 빠른 동작으로 일 처리를 하는 어린 어시스트 친구들의 모습을 보면 체계적인 조직 관리가 매일매일 이루어지고 있다고 추측한다. 난 약간의 긴장감이 도는 공간에서 여러 가지 서비스를 받을 때는 불편한 마음보다는 오히려 상쾌한 기분이 든다.

오늘 한 어시스트가 피어싱한 지 얼마 안 되는 귀를 자꾸 건드려서 피가 철철 나게 만드는 대형 사고를 쳤다. 조금은 아팠고 약간의 피곤이 동시에 일어났지만 귀가 찢어진 것이 아니었다. 나보다 그 친구의 새파랗게 질린 얼굴과 피를 닦아 내는 그 손이 더 아파 보였다.

여러 명의 디자이너와 실장이 유난스럽게 소독하고 지혈하고……
난 내내 사고를 친 그 어시스트 친구가 더 걱정되었다. 그리고 어느 순간에 없어졌다가 다시 나타났을 때의 어두운 모습이 마음에 걸린다.

에고,
미리 조심하라고 얘기해 줄걸…….

2016. 02. 29

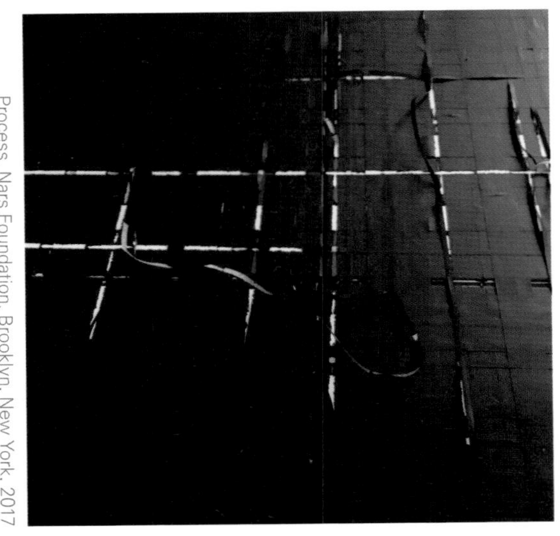
Process, Nars Foundation, Brooklyn, New York, 2017

60. 우선순위

오페라 관람을 함께 하자는 옆지기의 간곡한 요청에 오늘 출발할 뉴욕 일정을 이틀 연기했다. 가정이 있는 이들의 바쁨은 언제나 자기 일의 시간 외에 가족을 위해 할당할 시간들이 존재한다는 것이다. 그리고 그 희생은 '사랑'의 개념에선 가벼움으로 존재한다. 1부가 끝났는데 별로다. 경박하고 어수선하다. 콘셉트가 그러하다면 할 말은 없다. 2부 특별공연이 그나마 위로가 된다. 주보다 부가 더 나은 공연이었다. 이 공연을 위해 비행기표도 연기했는데……. 옆지기는 한명 한명이 너무나 유명한 사람들이라고 강조하지만 내 귀는 다들 너무 유명해서 자기 색깔만 강하게 주장하느라 조화라고 찾아볼 수 없는 소음을 듣는 기분이었다. 오늘 저녁, 가족들과 함께 맛있는 식사와 대화를 나눈 행복한 시간들이 없었다면 지금쯤 짜증이 폭발했을 거다.

2016. 03. 01

Nars Foundation, Open Studio, Brooklyn, New York, 2017

61. 피곤함과 해야 되는 것 사이에서의 갈등

하루가 길다……. 좀 지친 상태이다.
아직도 처리할 일이 많은데 잠은 자고 한국을 떠날지 모르겠다.
엄마는 내가 친정에 들르기를 원하시는데 피곤해서 도저히 못 가겠다.

2016. 03. 02

62. 자녀와 기록의 시간

큰아이와 많은 추억을 쌓고 있다. 여러 가지 대화를 깊게 나누고 전공에 관한 의견도 쌍방향의 시선으로 교환했다. 오늘은 관광만을 위한 프로그램으로 움직였는데 아침부터 작은 레스토랑에서 브랙퍼스트를 먹고 종일 걸으며 나눈 마음의 감정들은 나중에 오래도록 기억에 남을 것 같다.

2016. 03. 07

63. 차이와 불편함

게이가 너무나 많이 보인다. 레즈비언도 눈에 자주 보인다. 아이와 잡은 손을 슬며시 뺀다. 유학 생활을 한 내게는 그리 충격적인 문화가 아닌데도 아이와 함께하니 마음과 행동이 쿨하지 못한 것 같다.

'이 불편함은 어디서 오는 것일까?'

2016. 03. 07

64. 신발의 인기

금니가 번쩍이는 흑인 한 명을 뉴욕의 SCOPE아트페어 앞에서 만났다. 갑자기 우리가 신고 있는 운동화에 관심을 보였다. 어떤 브랜드이고, 어디에서 구입이 가능한지를 물었다. 뉴욕 방문 기간 신발에 관해 물어보는 이가 많은 것은 무슨 연유인지 모르겠다. 끈 없는 운동화에 관심을 가지던 그 흑인과 사진을 같이 못 찍은 것이 아쉽다. 여러 개를 금으로 바꾼 그 흑인 앞니의 번쩍거림이 아쉬움 속에 계속 생각난다.

2016. 03. 07

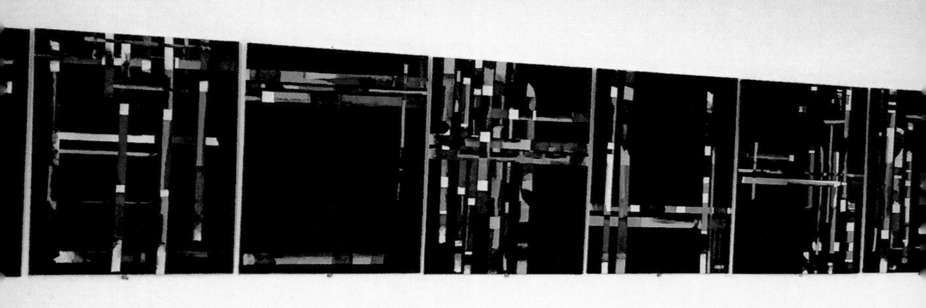

Nars Foundation, Open Studio 준비 중, Brooklyn, New York, 2016

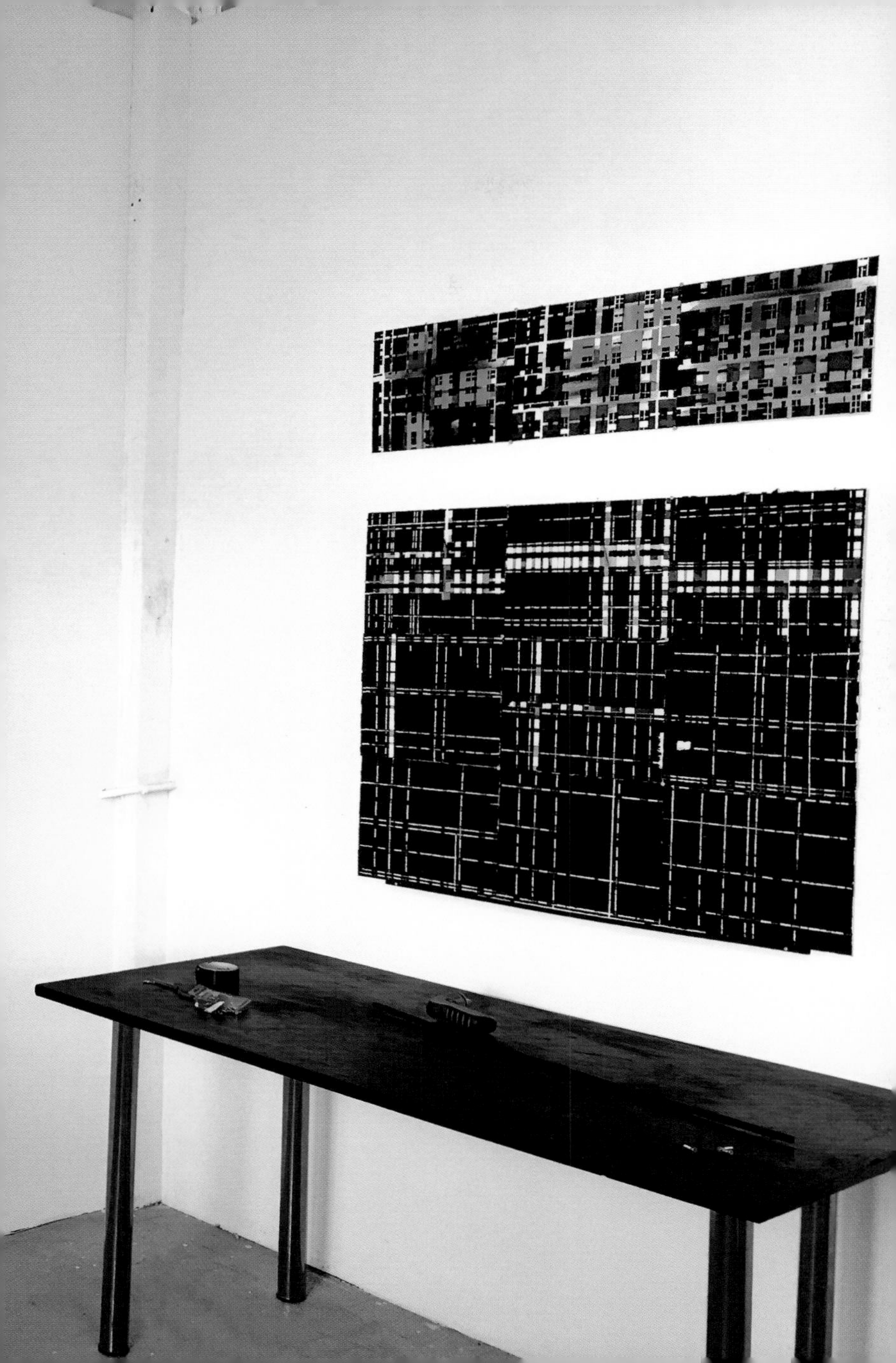

65. 사랑하는 이

떨어져 있을 때 더 생각나는 사람
사랑하는 이

함께했음이 떠오르는 사람
사랑하는 이

보고픔보다도 안위가 더 걱정되는 사람
사랑하는 이

먼 여행에서도 회귀의 욕구를 주는 사람
사랑하는 이

2016. 03. 07

66. 그림 감상

모마(MOMA)에서 마음의 쿵쾅거림을 느꼈다. 전체적으로 느낀 감정은 '정지된 움직임'이며 무생물의 공간에 생물의 작은 움직임으로 시공간의 변화를 감지한다. 동시대의 흐름을 한눈에 알 수 있는 전시들이 많다. 전시를 함께 보며 큰딸과 많은 대화를 나눈 이번 여행, 의미가 크다.

2016. 03. 09

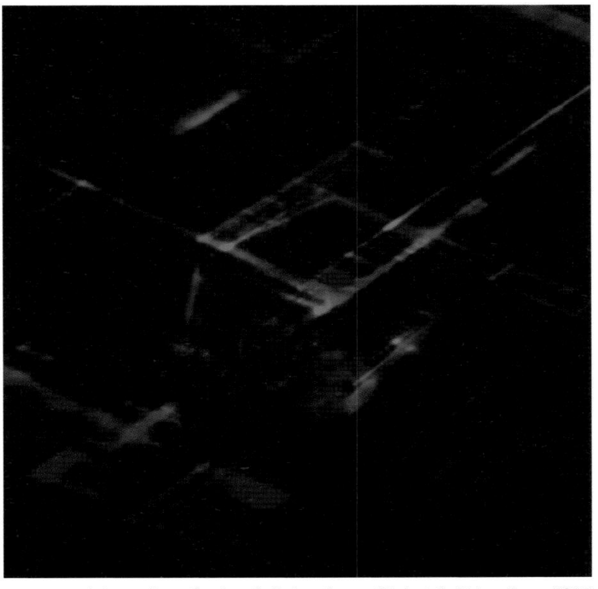

Jahyun Seo, Seeing & Being Seen, Digital C-Print, Part, 2017

67. 수가 많은 남매들

오늘에서야 동생들과 모두 모여 뉴저지에서 식사했다. 의사가 되어 이제 막 병원에서 근무를 시작한 막내 남동생의 그간 노고를 어떻게 위로하겠냐마는 혈액형으로 구분지어지는 집안의 독특한 성격군에 여덟째 남동생과 나, 넷째, 그리고 아버지가 속해 있는 우리는 여섯째 말처럼 비슷하게 엉뚱한 구석이 많다.
갑자기 학창시절 내가 용돈을 많이 주었다며 내 기억에도 없는 용돈 얘기를 꺼내며 큰딸에게 과한 용돈을 주었다. 이제 막 자리잡고 있는 동생인데……. 부담과 대견함이 동시에 다가왔지만 축복하는 마음으로 감사히 받았다. 그런데 다들 바쁜지라 어렵게 만났는데도 각자의 스케줄 때문에 긴 시간을 함께하지 못했다. 아쉬운 대로 만남에 감사한다.
나름 자신의 가족을 위해 열심히 준비하고 있는 동생의 짠한 부분도 많지만 마음 깊이 응원한다.

2016. 03. 13

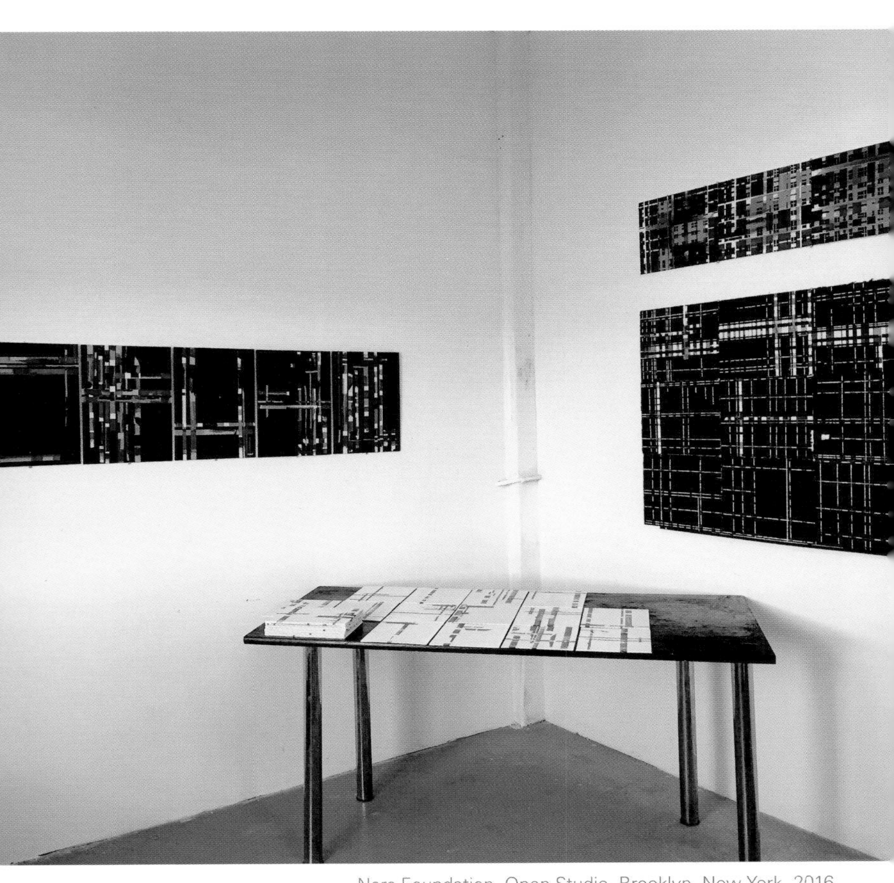

Nars Foundation, Open Studio, Brooklyn, New York, 2016

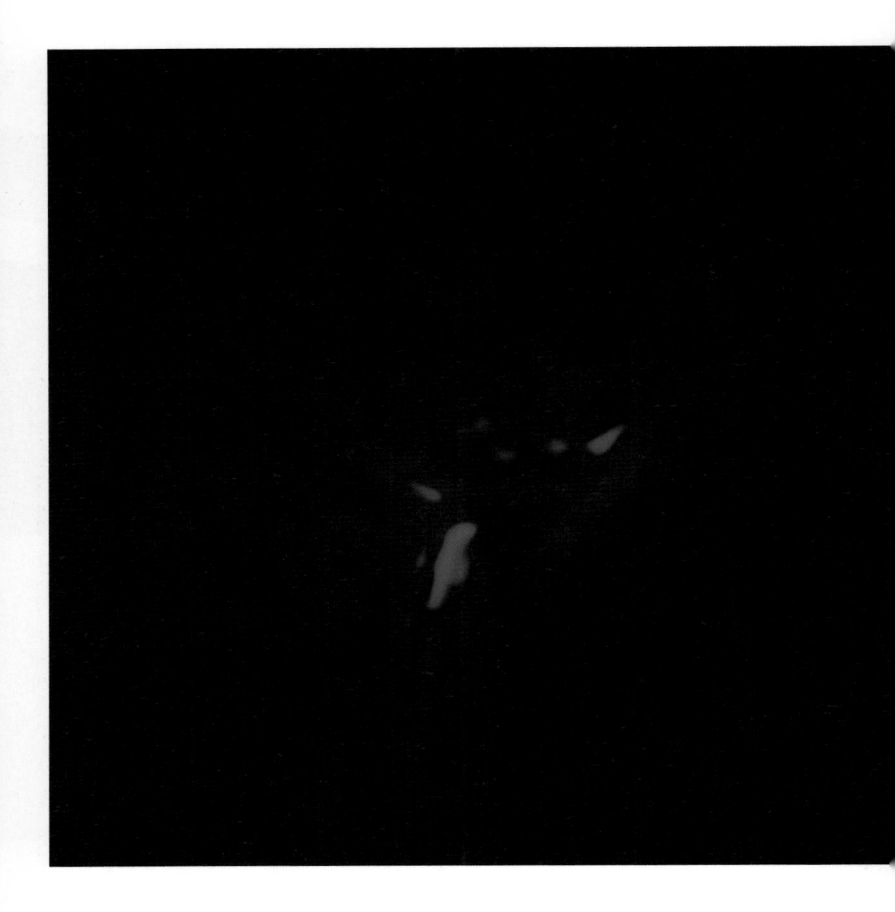

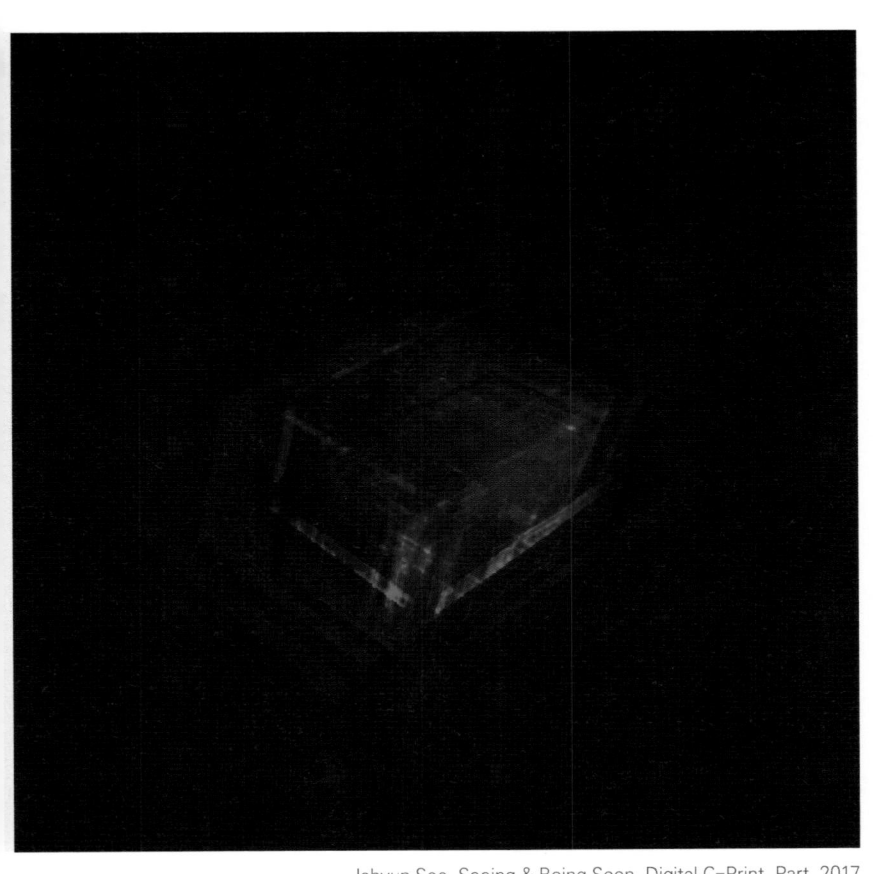

Jahyun Seo, Seeing & Being Seen, Digital C-Print, Part, 2017

68. 군더더기

이해할 수가 없으면 이해하지 말라. 어떤 '척'도 군더더기일 뿐이다.

2016. 03. 19

69. 눈짓

때론 인간의 작은 눈짓에서도 인간의 한계를 보기도 하고 인생을 보기도 한다.

2016. 03. 19

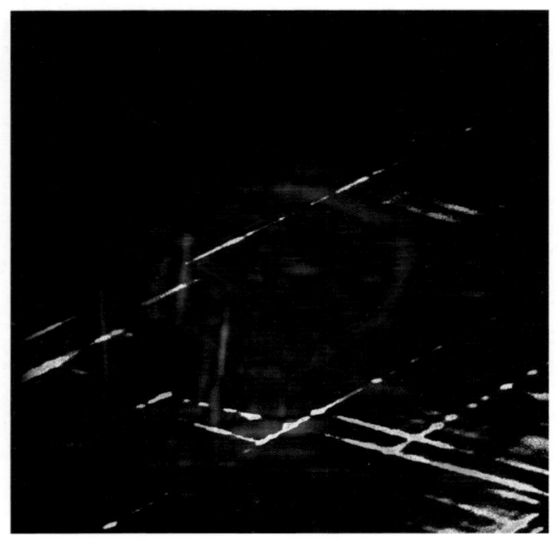

Jahyun Seo, Seeing & Being Seen, Digital C-Print, Part, 2017

70. 시작점과 죽음

죽음을 본다는 것은 인간의 시작점을 생각하게 한다. 따라서 각자의 시간에 부여되는 가치는 인간이 평가할 수 없다.

2016. 03. 19

71. 인간의 존재함

생로병사에 관한 이야기는 내가 존재할 때만 의미를 지닌다.

2016. 03. 19

72. 사랑의 수수께끼와 답

사랑에 관한 수많은 수수께끼는 답이 없는 수수께끼이다. 오늘과 내일의 답이 다르다고 탓할 필요는 없다. 수수께끼를 낸 이도 답을 모른다.

2016. 03. 19

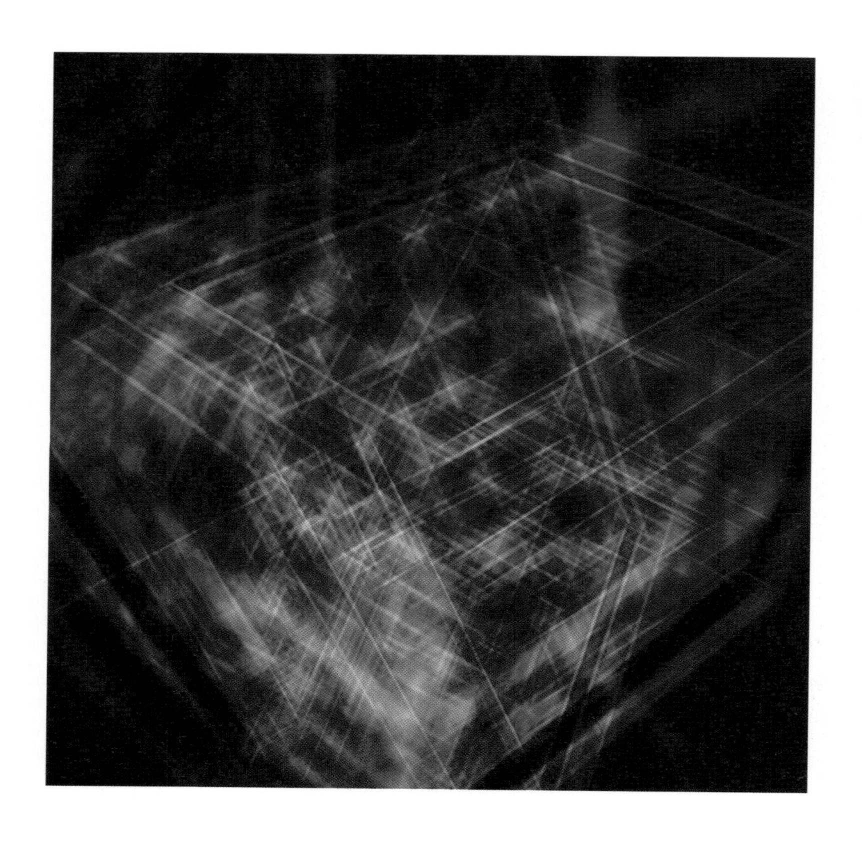

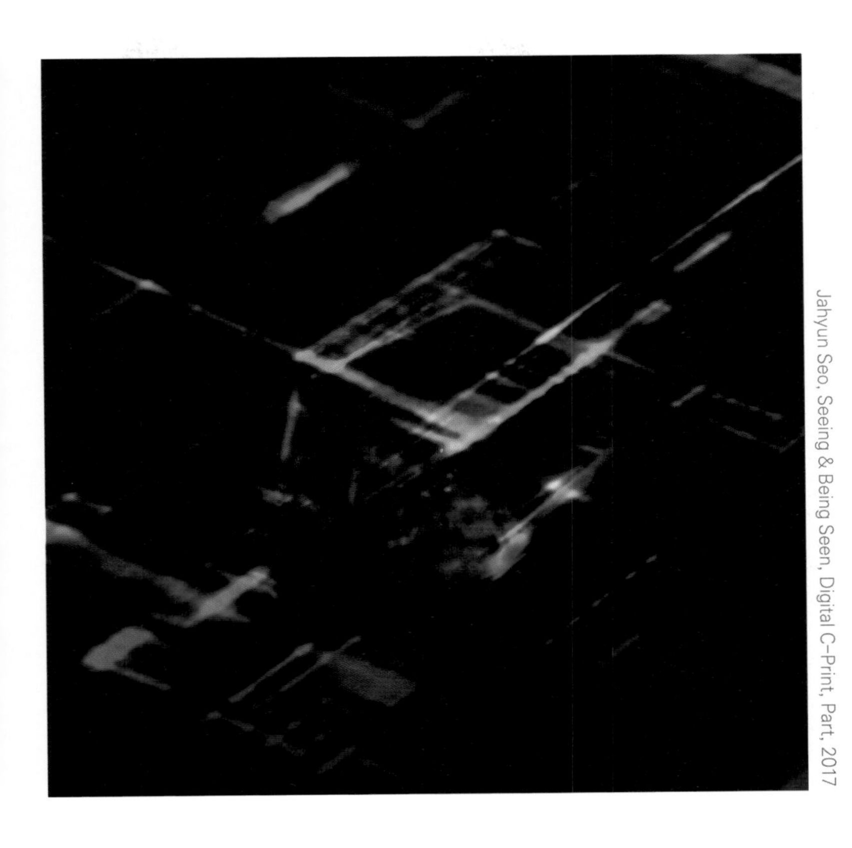

Jahyun Seo, Seeing & Being Seen, Digital C-Print, Part, 2017

73. 나에 대한 이해

가지고 싶은 거 하나만 고르라고 한다면 나는 나를 가지고 싶다. 제발이다……. 죽을 때까지 온전히 나를 가지지 못하고 갈증으로 허덕일 것 같다.

2016. 03. 19

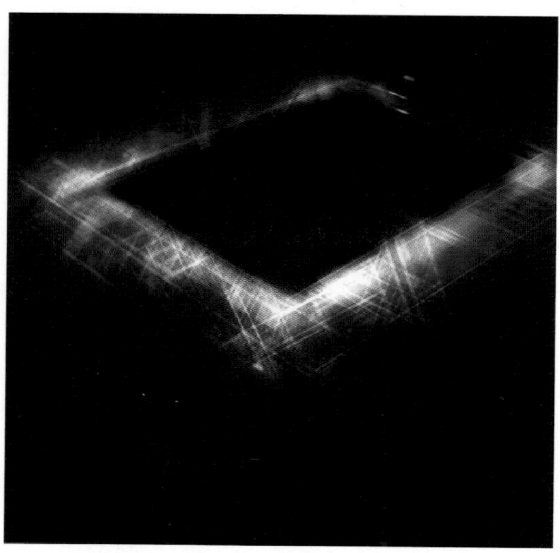

Jahyun Seo, Seeing & Being Seen, Digital C-Print, Part, 2017

74. 눈을 뜨고 감는다

눈을 뜨면 보이고 눈을 감으면 안 보이는 것처럼 모든 것이 그러하다면 좋을까? 눈을 떠서 세상을 보고 눈을 감고 세상을 덮어버린다.

2016. 03. 19

75. 작품을 한다는 것

도대체 무슨 작품을 하고자 하는가? 아름다움과 추함과 희로애락이 시시각각 표현되는 스펙터클한 세상에서…….

2016. 03. 19

76. 죽음을 외면할 때 진실도 외면한다

인간이 가장 진실되게 바라보아야만 하는 현실적인 주제인 죽음이지만 그 앞에 서서 우리는 늘 그 진실을 외면한다.

2016. 03. 19

77. 마음의 공간

마음의 공간에 맑은 하늘만 있으면 좋겠지만 천둥번개를 동반한 하늘과 블랙홀 같은 공간도 존재한다. 그러니 무언가를 안다고 하지 말라. 추측도 하지 말라. 너나 나나 향수를 잔뜩 뿌린다고 해도 역겨움이 사라지지 않는 인간일 뿐이다.

2016. 03. 19

78. 생명체의 의미

움직이는 것이 생명체라고 할 수 없는 시대에 움직이지 않은 것이 무생물체라고 할 수도 없다

2016. 03. 19

79. 나

'나'라고 정의 내려지는 객관적인 시선에서 벗어난 '나'는 다른 인격체로 다른 시공간에 존재한다. 간혹 어쩔 수 없이 끄집어내야만 하는 '나'라는 이상은 꺼낸 이의 입맛에 맞게 잘 다듬어진 예쁜 인형일 뿐이다. 집에 가고 싶다……. 여기서 집은 사람인가? 공간인가?

2016. 03. 19

80. 나를 모른다

아무리 스스로를 이해하려고 노력을 해도 나는 나를 모른다. 그래서 하나님의 존재를 인정할 수밖에 없다. 두려움을 가지고 또 시도해도 역시이다. 나의 존재가 다른 이와 다름을 인식하면 할수록 시작점과 끝점에서 신을 인정할 수밖에 없고 선택의 자유가 있음에 안도한다. 아무래도 오늘, 내면에 총알을 여러 번 맞은 것 같다.

2016. 03. 19

Jahyun Seo, Seeing & Being Seen, Digital C-Print, Part, 2017

81. 자화상의 틀

때론 소위 말하는 꼭지가 돌 정도로 '이빠이' 취해 나를 가둔 틀에서 벗어나고 싶기도 하다. 죽었다 깨어나도 그렇게 하지 못할 거라는 것을 너무나 잘 아는 나는 그 틀 속에 갇혀 만들어진 세상에서 답답한 시선으로 자신도 해석 불가능한 알 수 없는 말을 조잘거릴 것이다. 생명이 끝날 때까지……. 오늘 액자의 프레임에 갇힌 각 시대의 인물 초상화를 보면서 그들은 죽어서도 프레임에 갇힌 것 같다는 생각이 든다.

2016. 03. 19

82. 보고픔에 대한 의식과 무의식

'보고 싶다'에는 많은 의미가 있다. 조건 없는 보고픔도 있고 조건이 있는 보고픔도 있다. 삶에 심한 건드림이 있는 날은 걸신들린 사람처럼 사람들이 너무 그립다. 그 그리움에 취해 간혹 이상한 짓을 하기도 하는데 오늘은 그러지 말자. 경계 속에 있는 모습. 긴장감이 최고다. 균형감각은 하나님의 은혜로 버티는 것 같다.

2016. 03. 19

83. 연락을 기다린다는 것

기다리고 있다. 오늘의 피곤함이 조금의 수면으로 가시고 연락을 할까 말까의 선택도 맑음을 가진 채 직관적으로 생각해 본다. 시간의 흐름 속에 계산된 정답은 뭘까? 시간이 꽤 경과했다. 이미 결정이 되었을 텐데……. 연락이 없다는 것은 좋은 결과에 따른 바쁨으로 해석하려다. 죽음을 이미 맞이한 명화 속 수백 명의 초상을 감상한 인간의 내면은 그리 급할 것이 없다.

2016. 03. 19

Process, Mars Foundation, Brooklyn, New York, 2017

84. 인간이기 때문에

인간이기 때문에 변한다. 인간이기 때문에 거짓말을 한다. 여기서 '인간이기 때문에'가 무엇인가? '인간이기 때문에'를 '생각하기 때문에'로 바꿔 놓으면? 생각하는 인간, 모양은 그릇이되 담을 수 없는 그릇이다.

2016. 03. 19

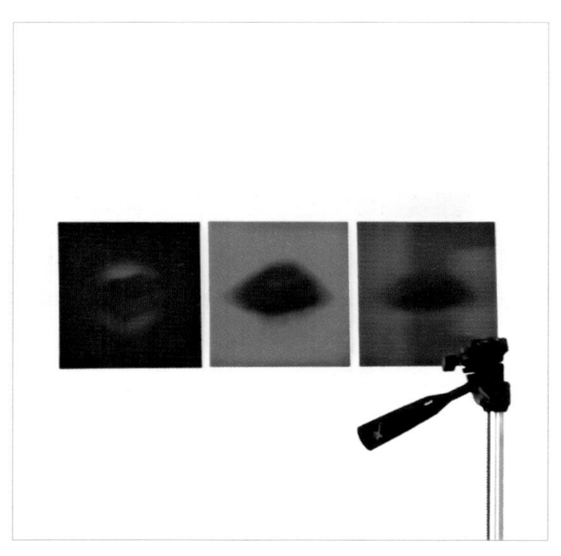

사진 촬영, Nars Foundation, Brooklyn, New York, 2017

85. 감정의 거치적거림

신경 안 쓴다. 왜냐면 난 마음이 한 번 죽었다 살아난 경험을 했기에 이 세상에 가치 둘 것이 없다. 단지 참으로 불리는 사랑을 가지고 최선을 다하고 싶을 뿐이다.
잘해 주자……. 다시는 못 볼 수도 있는 것처럼.

2016. 03. 19

86. 본능적 감각

왜 싫었을까? 그 짧은 순간에 감탄할 만한, 직관력이 작동해 추함을 본 건가? 아님 진실되지 못함을 본 건가? 암튼 그 느낌은 내 마음이 그런가? 아니면 상대방이 감추었지만 쌓인 탁함이 포장을 넘어선 건가? 하나님은 오늘 내게 무엇을 보게 한 건가?
작은 눈, 코, 입……. 웃음짓는 미소 뒤로 다른 향기가 있었다.
나만 본 건가?

2016. 03. 19

87. 넘치는 감정이 담기는 일기

방금 기다리던 좋은 소식이 전해졌다. 손끝으로 빠르게 감정들을 적어가는 오늘 하루의 일기가 넘친다.

2016. 03. 19

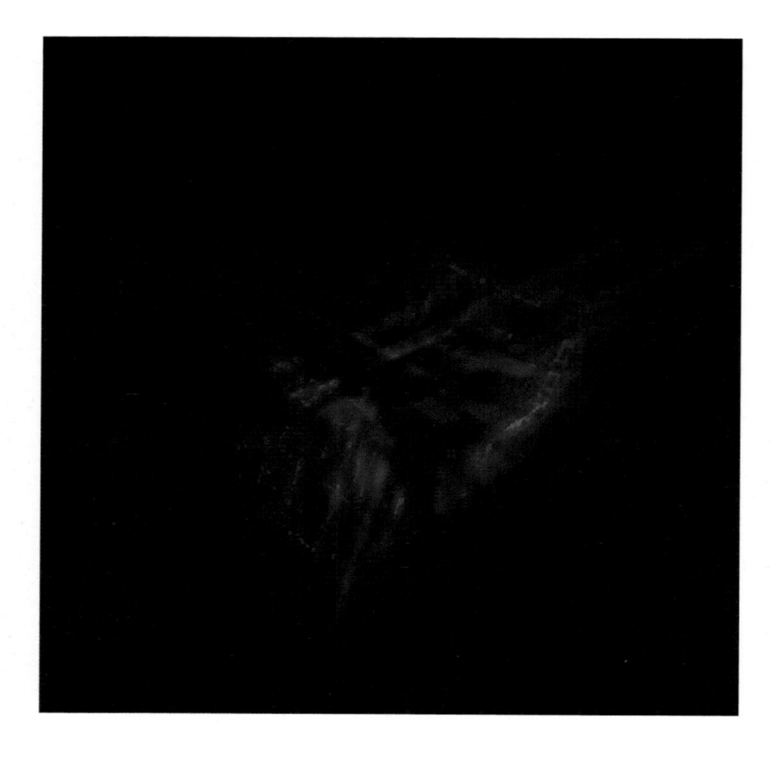

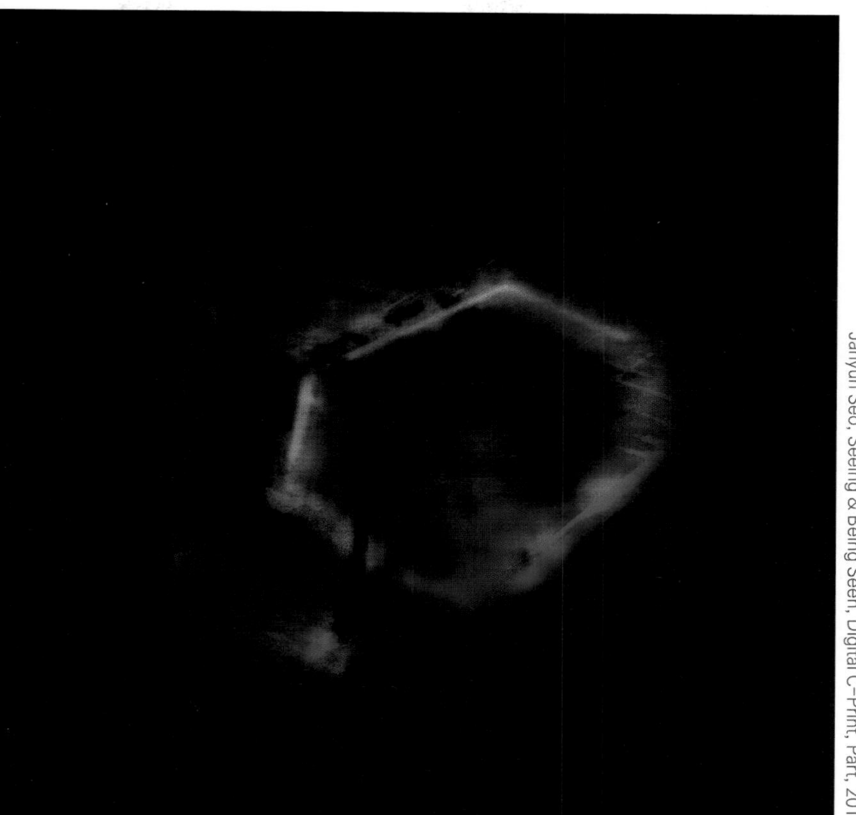

Jahyun Seo, Seeing & Being Seen, Digital C-Print, Part, 2017

88. 엄마로서 미술사 교육

제자 덕분에 티켓을 사려고 길게 줄이 늘어선 곳에서 시간 낭비 없이 시카고미술관을 공짜로 여러 번 다녀왔다. 배려해 준 제자가 너무 고마웠다. 이 미술관에서 딸과 나눈 많은 대화는 이번 여행의 하이라이트였다. 그간 미술사 외에 예술론을 여러 번 설명하고자 했으나 미술사가 아직 아이 머리에 순서대로 정리가 안 된 탓에 설명하기에 다소 무리가 있었다. 첫날 19세기 미술사조를 훑을 수 있는 인상주의부터 시작했다. 중간중간에 동시대에 존재했던 다른 파의 그림들이 있어서 목이 터져라 화가 이름들과 큰 흐름 네 개를 각인시켰다. 첫날은 19세기 미술사조 흐름을 작품들을 감상하며 잡았다. 다소 갸우뚱하고 머리가 아프다고 하소연했지만 다행히 잘 소화한 것 같았다. 오늘, 일곱 가지 예술론을 고대, 중세, 근대, 현대를 중심으로 분위기 좋은 식당에서 아이의 기분을 업시키고, 먹여 가며 시대마다 달랐던 철학자들의 예술에 대한 시선을 쭉 설명했다. 그 많은 철학자는 그간 예술을 무엇이라 했는지……. 또한 후식을 먹으며 16세기 르네상스부터 훑었다. 전쟁의 흐름 속에 새로운 사조들이 생겨나는 이치부터 그리고 20세기와 21세기의 근, 현대 미술을 모던, 포스트모던으로 구분하고 예술론과 함께 정리했다. 그리고 설명한 내용들을 미술관에서 확인 사살했다. 같은 분야에 있는 엄마로서 정말 후련했다.

그간 아이에게 학교에 입학하기 전에 꼭 설명하고자 했던 내용들을 이번 여행에서 거의 완벽하게 전했다. 체했던 마음이 쑥 내려간 기분이긴 하다. 이제 조금씩 본인이 무슨 작업을 해야 할지, 작가로서 살아가는 마음들이 작업을 해 가면서 나름대로 생길 것이고, 머리가 돌 정도의 고민들도 조금씩 생길 것이다. 그래도 모르고 시작하는 것보다 알고 시작하는 것이 좋지 않을까 싶다.
어떤 일을 하든 엄마의 마음이 똑같이 이러한 거다. 예술가로 엄마는 이 길을 어렵게 돌아돌아 찾아서 왔지만 잘못된 지도로 잘못된 방향으로 아이 인생의 시간이 낭비되길 원하지 않는다. 이 아이가 접할 시행착오는 내가 경험한 것 위에 있어야 한다고 생각한다. 내가 버린 수많은 시간을 토대로 똑같은 시행착오는 범할 필요가 없는 것이다.

내일 일정은 시카고를 떠나 홍콩으로 가는 것이다. 홍콩에서 살벌한 미술시장 구조를 보게 될 텐데 아이가 어떤 반응을 일으킬지 궁금하다. 해맑은 미소를 띤 아이가 참 부럽다. 나도 저런 적이 있었나 싶다. 잘 때마다 어릴 적 기억이 난다면서 고양이처럼 안긴다. 아기 같다. 갓난아기…….

2016. 03. 21

89. 자유에 대한 생각

자유에 따르는 외로움을 견딜 멘털이 준비되었는지……? 작지만 큰 울림일 수도 있는 자유의 종착점에 충실히 책임을 지겠는지를 생각해보자. 그리고 구속은 얼핏 답답하고 힘겹지만 인내심을 가지고 기다리면서 참 은혜를 구해보자. 그러면 종국에는 책임이라는 것이 부담이 아닌 그 속에서 진정한 평화를 느끼고 있지 않을까 싶다.
선택은 다시 미래를 향한 시작이며 두려움과 용기의 싸움이다.

2016. 03. 23

90. 성경 공부 모임, 다락방

오랜만에 교회 성경 공부인 다락방 모임에 참석했다. '하나님의 자녀'와 '영의 아사 상태'라는 말들이 마음을 건드린다. 회개라는 단어가 스쳐 지나가고 영의 양식이 없다면 인간은 수시로 타락할 준비가 되어 있는 본능적으로 연약한 존재임을 인정한다. 영성 고르기로 환경에 지배받는 사람이 되지 않도록 말씀을 꼭 보며 기도와 묵상을 매일 하는 것을 잊지 말자. 영적인 자매들과 나누는 교제는 어찌 보면 내게 생명줄일지도 모른다.

2016. 04. 04

91. 엄마의 마음

엄마와 모처럼 데이트했다. 긴히 중요하게 할 얘기가 있다고 부르시더니 '가정'의 교육을 다시 하신다. 내가 앞으로 미국에서 오랜 시간 보낼 것을 우려해서인 것 같다. 여전히 우리를 걱정하시는 부모님에게 감사하는 마음이다. 나의 보수적인 사고는 유교적인 가정교육을 받은 영향이 큰 것 같다. 참…… 아름답고 지혜로우신 엄마.

2016. 04. 08

92. 이해한다는 것의 위로

어려웠을 때 내게 가장 위로가 된 것은 진심 어린 마음이 있는 이해였다. 단지 그것은 "너의 마음을 내가 안다."로 연결되며 그것은 너의 어떠한 선택도 나는 너를 믿는다. 혹은 믿겠다는 말 없는 지지였다. 옳고 그름을 섣불리 판단하는 것은 내가 속한 사회의 도덕적 규범에서 바라보는 시선이기에 오류가 분명히 있다. 쉬운 조언도 때론 너무나 어려운 무게감으로 전해질 수 있다. 말을 삼가고 기다리며 인간이기에 할 수 있는 혹은 할 수가 없는 수많은 선택 속에서 가치 있는 선택이 무엇인지는 시간을 들여서 생각해 볼 필요가 있다.

2016. 04.08

A라는 세상을 살고자 하면서 계속 B라는 안경을 쓰고 있으면 시간만 흘러간다. 때론 영육의 온전함을 위해 B라는 안경을 벗어 버리고 A라는 안경을 쓰는 수고스러움을 행해야 한다. 그 선택은 변화의 시작점에 불과하지만 A라는 세상이 내게 현실로 다가온다. 가치가 있다면 그냥 여러 제약이 있어도 실행하기만 하면 된다. 그것은 B라는 세상에서 받은 삶의 수많은 상처를 바라보는 시선의 외면이 아니라 발전하는 삶의 성숙이며 의미가 될 수 있기 때문이다.

배가 고프면 밥을 먹어야 하며 쉬어야 할 시기가 오면 쉬어야 한다. 너무 쉽게 배고픈데 참으라 하고 쉬어야 하는 시기에 노동을 하라고 쉽게 얘기하지 말라. 약간의 어긋남에 큰 결과가 다가오는 것에 져야 하는 책임은 당신의 것이 아니라 '나'의 것이기에 내 삶의 선택은 내게 있는 것이다. 행복을 선택하고 싶지 불행을 선택하고자 하는 이는 없다. 단지 당신은 내 삶의 구경꾼일 뿐이다. 사랑하는 이의 행복이 내 행복인지 상대방의 행복인지를 냉정히 생각해 보자.

2016. 04. 08

93. 코에 걸면 코걸이 귀에 걸면 귀걸이

예전에 오랫동안 판사로 재직하다가 퇴임 후 협상가로 활동하시는 분의 말이 생각난다. 법이 모든 걸 해결해 주지 못한다. 억울한 판결이 많다. '행복'이라는 것은 어떤 상황이든 내가 선택하는 것이다. 상황을 행복하게 보면 행복한 거고 불행하게 보면 불행한 것이다. 경영자는 경영자이고 직원은 직원이다……. 물과 기름을 잘 섞어 하나의 액체로 만든 것처럼 잠시 공존할 수는 있겠지만 오래 두면 다시 돌아간다. 갑자기 영화 '설국열차'의 스토리가 생각난다.

2016. 04. 25

94. 작은 행복의 조건 하나

옆지기는 늦은 대화가 만족스러웠나 보다. 가끔은 이런 생각을 한다. 잘 못 보는 거? 덜 예민한 것이 행복한 것이다.

2016. 04. 25

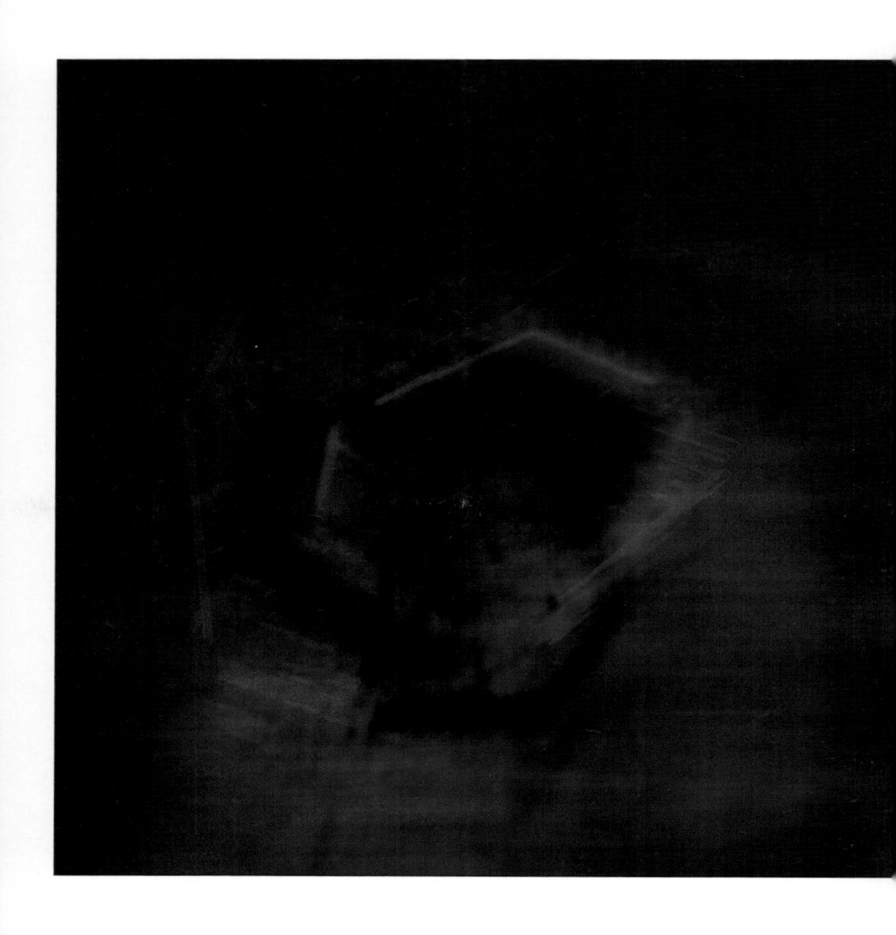

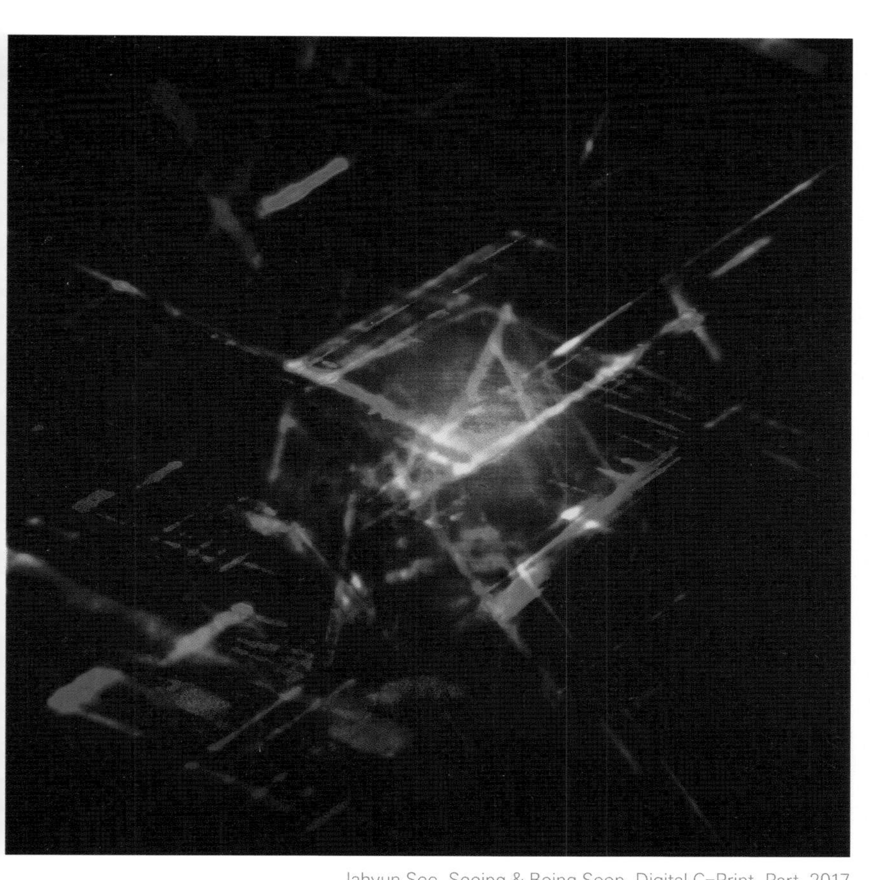

Jahyun Seo, Seeing & Being Seen, Digital C-Print, Part, 2017

95. 익스큐즈

살다 보면 익스큐즈를 해야 할 일이 가끔은 의도하지 않게 생긴다. 하지만 안 될 때는 안 되는 것이다. 그래도 틀과 시선에 자유함을 얻게 되는 것은 많은 경우의 수를 경험한 탓, 이 또한 감사할 일이다.

2016. 04. 26

96. 운명적 만남과 선택

내게 하나님이 없었다면 지금과는 분명히 다른 삶을 살았을 것이 확실하다. 한결같은 옆지기…… 제자들과 모임을 마치고 돌아오니 가족 예배를 드리고 있다. 오늘 난 중요한 모임 때문에 참석 못 한다고 했는데 시간을 토요일로 변경하지 않고 성경 공부를 하고 있었다. 근데 나 없이 하는데도 하나도 기분이 나쁘지 않고 오히려 감사했다. 다행히 끝나기 전에 가족 예배에 참석해 함께 은혜를 나누었다.

선하게 자라는 아이들과 성실한 남편. 늘 삐딱한 내 마음이 위태해서 힘들었지만 가족을 포기하지 않고 지킨 것에 가끔 스스로 위로하고 칭찬한다. 그리고 내게 가장 중요한 하나님께 감사드린다. 너무나 연약한 자아를 가진 나……. 그래서 끊임없이 두려움과 싸우는, 작은 상처에도 힘들어 했던 나지만 나를 사랑해 주는 사람들 덕분에 살았다. 그 사랑은 기도였다.

사랑하는 언니, 겉만 강하고 내면이 너무나 연약한 동생을 위해 참 많은 기도를 해 주었다. 누군가를 위해 기도한다는 것 그 자체가 참 어렵다. 희생적인, 넘치는 사랑이다.
사랑하는 셋째, 여섯째 동생,
이 녀석들의 희생과 기도가 없었으면 내가 버틸 수 있었을까? 특히 셋째 동생의 눈물 나도록 고맙고 감사한 수많은 행동……. 그 녀석은 작은 것에 감사하며, 사랑을 나눌 줄 아는 제대로 된 하나님의 제자였다.

2016. 04. 30

97. 보이지도 않은 작은 후원

조금 전에 일면식도 없는 이에게 내 안의 성령님이 시키시는 대로 어떤 행동을 했다. 내게 되돌아오는 것은 깊은 뜨거움으로 생명감이 전해진다. 근데 말미에 감사하다고 하면서 "샬롬"이라고 한다. 아~ 하나님 자녀였구나! 꼭 재기하기를 기도한다.
내게 작은 것에 도구로 쓰이게 하시고, 은혜 주신 하나님께 감사드린다.

2016. 05. 05

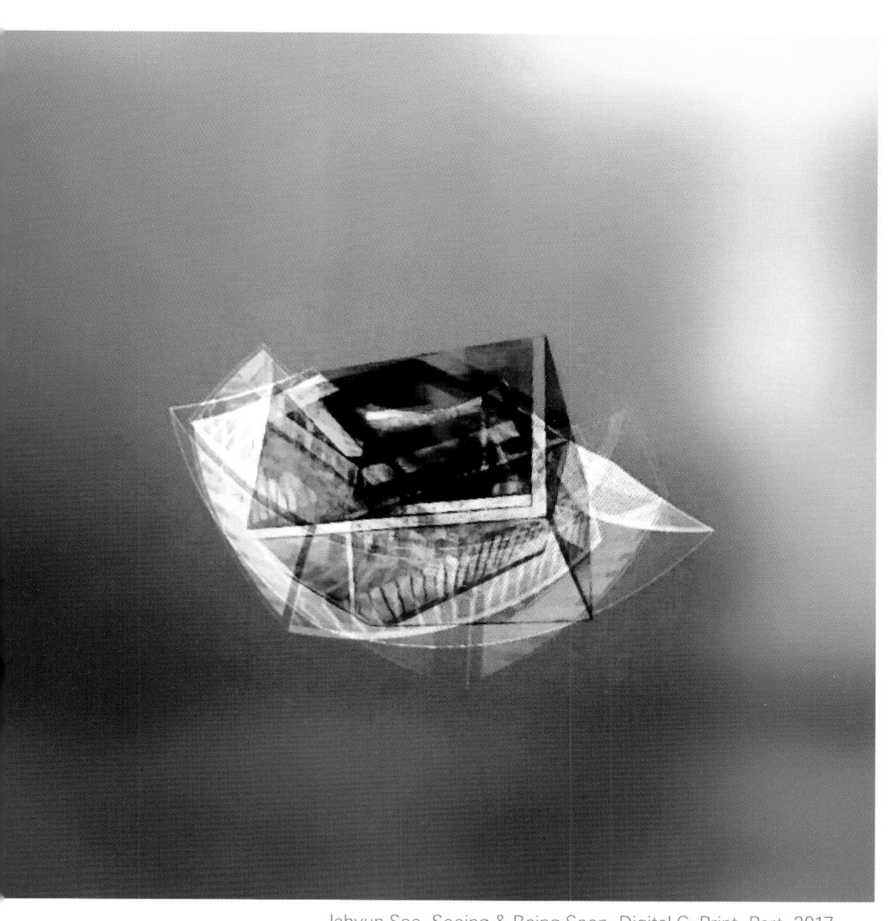

Jahyun Seo, Seeing & Being Seen, Digital C-Print, Part, 2017

98. 일상의 감사

피곤 절었다……. 동시에 신경도 자꾸 예민해진다. 과민해진 신경 줄이 무엇이 중요한지를 놓쳐버리는 일이 없도록 다시 마음을 추스르자. 운동하는 시간을 보낼 수 있음에 감사하고, 팔다리 움직일 수 있는 신체가 건강함을 감사하자. 행복을 떠올리며 소소한 삶을 감사하고, 부모님께 또 감사하고 나를 사랑하자. 지적 공해로 나를 긁어대는 사람도 편견없이 사랑하고 곤고함이 밀려오는 내 영혼도 열정적으로 사랑하자. 하나님이 가끔 주시는 선물도 내가 존재하는 의미로 깊이 묵상하고 하나님 안에서 자녀임을…… 잊지 말자. 새벽에 운동하러 가는데 정말 죽기보다 싫겠냐마는 때론 죽는 게 더 쉬울지도 모른다.

시간이 재깍재깍…….

2016. 05. 07

99. 아버지 감사합니다

아버지…….
많은 일을 하고 살면서 갑자기 '바로 이거다.'라고 느끼는 일들을 알 수 있다면 정말 행복한 인간이겠죠? 오늘 그랬습니다. 요즘 살인적인 스케줄 속에서 감사한 것이 참 많습니다.

낮에 새롭지만 너무나 재미있는 일을 해서 좋았고, 저녁에 창업2기 제자들과 함께한 수다도 좋았습니다. 또 저녁에 가족 예배가 너무나 은혜로웠으며 성숙한 자녀들을 제게 주셔서 풍성한 토론으로 삶을 얘기할 수 있어서 더욱더 좋았습니다. 아침의 시작은 무거운 몸으로 움직였는데 마무리는 풍성한 결실이 있는 하루였습니다. 자다가 중간에 깨어나 끄적거리는 이 시간도 감사합니다. 사람들과 관계는 제 의지보다는 아버지가 이끌어 주시옵소서.

2016. 05. 08

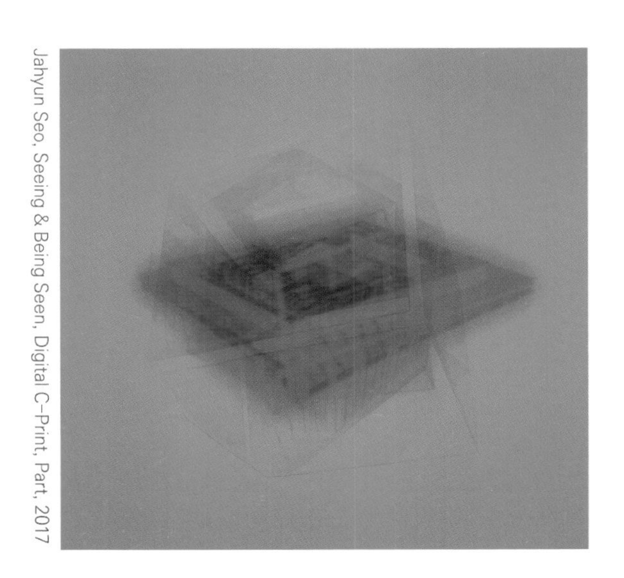

Jahyun Seo, Seeing & Being Seen, Digital C-Print, Part, 2017

100. 불안한 것

보이는 것에서 나타나는 미적 감동이 내 영혼을 평안으로 혹은 기쁨으로 이끌지는 않는다. 생각이 많아지는 시간. 모든 바쁨 속에서 벗어나 나만의 시간에 동굴 속에서 깊은 묵상을 한다.

불안한 시대, 불안한 생각, 불안한 외로움…….

2016. 05. 15

Jahyun Seo, Seeing & Being Seen, Digital C-Print, Part, 2017

101. 마음에 담기는 인연들

너무 잠이 안 온다. 배가 고파서인가? 아님 생각이 많아진 것인가? 마음에 담기는 인연들을 바라보는 나의 시선은, 틀이라는 보이지 않는 구속 속에서 열심히 빗자루로 쓸어버리는 행동을 한다. 각 사람에게서 뿜어져 나오는 에너지에는 말로 표현할 수 없는 진실이 담겨 있다. 판단을 유보하더라도…… 그 진실은 위험하게도 신앙의 틀로 견고하게 자신을 포장하고 있는 이들에게서 가끔 더 심한 악취를 느끼곤 한다. 신앙에 열심을 내는 이들을 향한 시선은 각 사람이 뿜어내는 기운에서.

하나님 앞에 갔을 때나 알게 되는 걸까?
슬픔을 가진 이들을 강하게 느끼는 것들…….

오늘, 마음이 예쁜 제자들이 찾아와서 그런지 또 수많은 질문을 혼자 내게 던지고 있다.

2016. 05. 17

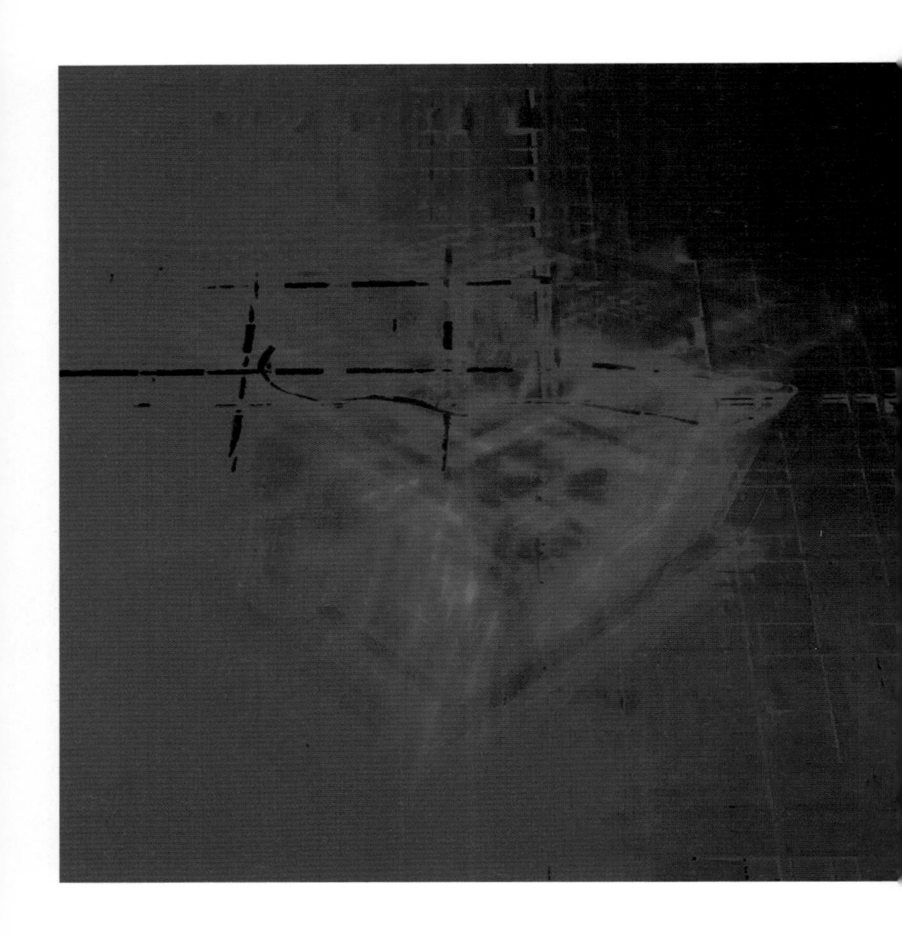

Jahyun Seo, Seeing & Being Seen, Digital C-Print, Part, 2017

102. 아버지의 마음

아버지는 요즘 큰애가 보고 싶다고 자주 말씀하신다. 큰애의 행보가 성공을 바라는 아버지의 개념을 깨뜨려 버려서인가? 대견함으로 바라보는 시선은 어제 아버지와 나눈 대화 속에서 그 실제 의미를 알았다.

아버지의 사랑……
감사합니다.

2016. 05. 22

103. 타인에 대한 실망

자기 중심적인 기억력이 빛의 속도로 감속하는 것이 보인다. 학습에 따른 적응력이 나이에 비례해 증가했는지 실망감을 70퍼센트 빠르게 감속시킨다. 뻔한 변명이 피곤해도 휙~ 그래도 즐겁게 산다.

2016. 05. 24

Process, Nars Foundation, Brooklyn, New York, 2017

Process, Nars Foundation, Brooklyn, New York, 2017

104. 중요한 것

무엇이 삶에서 중요한지를 모르고 사는 사람이 정말 많다. 그냥 산다는 것이 사는 것인가? 어떻게 살아야 하는가 하는 질문이 수많은 선택에서 지혜를 줄 것이다.

2016. 06. 06

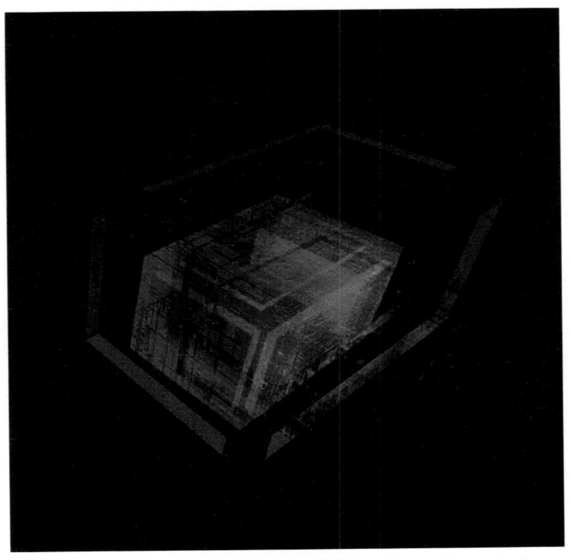

Jahyun Seo, Seeing & Being Seen, Digital C-Print, Nars Foundation, Brooklyn, New York, 2017

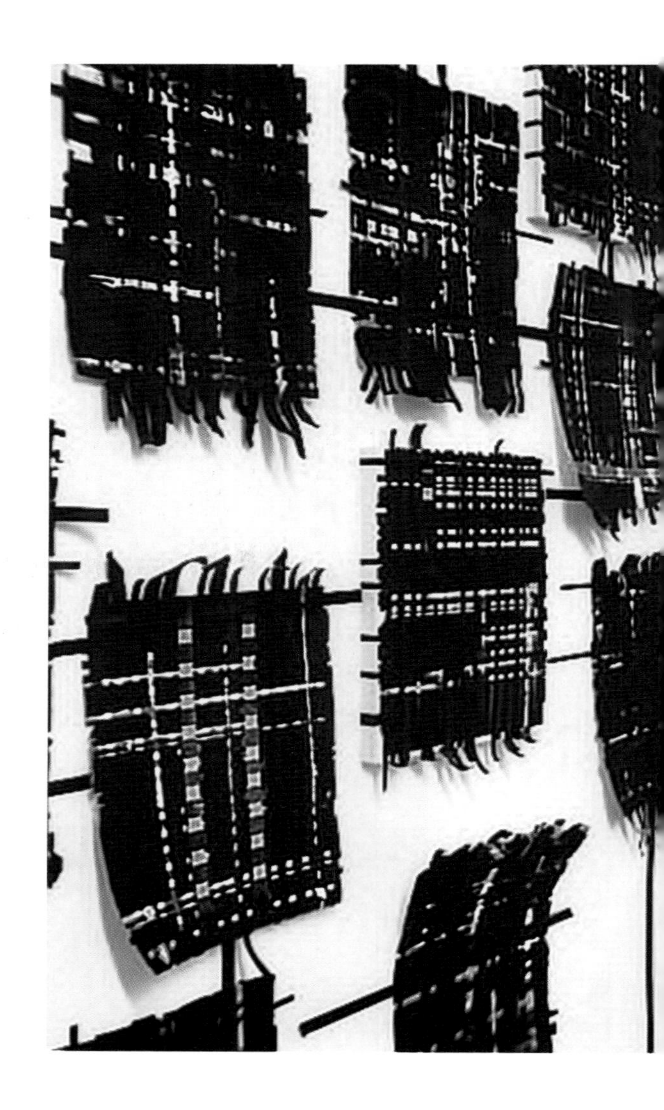

Jahyun Seo, Installation, Seeing & Being Seen, Digital C-Print, Part, 2017

105. 옆지기 친구

옆지기에게서 연락이 왔다. 그의 친구 이름을 대면서 그를 기억하는지 묻는다. 당연히 기억한다. 개인 사정으로 친구 사무실에 와 근무하면서 책상 밑에 술을 갖다 놓고 술 마시며 근무했던 그다. 인상은 좋아 보였지만 눈에 초점이 없었다. 알코올 의존적이었고 엄청난 게으름을 보였던 그, 나의 시선에선 기가 막혔던 사람이었다. 그 이후 난 그를 피했다. 삶의 태도가 끔찍했기에 마주보고 대화를 하고 싶지 않았지만 옆지기의 친구라……. 그는 아마도 나의 쌀쌀함을 섭섭하게 느꼈을지도 모른다. 갑자기 옆지기의 "기억나?"라는 질문에 나도 모르게 "그 사람 죽었지?"라는 질문으로 되받았다. 3개월 남았다고 한다. 저녁에 가 본다고 한다. 순간 머리에 어떤 생각이 스쳤으나 그가 옆지기 친구이기에 말을 삼켰다. 그의 마지막은 10분 이상 대화를 못하고 3개월 정도만 생명을 유지할 수 있다고 한다.

인생…… 길면서도 짧고, 짧으면서도 길다.

우린 자녀를 보며 대리 만족도 느끼고 이 세상에 흔적을 남기고 가는 것 같다는 생각에 위로를 받지만 자녀는 자녀의 또 다른 인격체이다. 부모는 사랑을 주면서 거기에 따른 행복감을 잠시 맛보지만 온전하지는 못하다. 자녀의 독립된 삶을 살아가게 도와

줄 강한 책임감만 있을 뿐이다. 삶에서 생로병사의 원리를 들여다 보면 많은 부분이 자신의 생각들과 관련되어 있고 그것에 따라 삶을 종결해 버린다는 느낌이 든다. 어쨌든 마음이 많이 착잡하다.

2016. 06. 06

Jahyun Seo, Installation, Seeing & Being Seen, Digital C-Print, Part, 2017

106. 가족의 기도

아버지, 늘 정결함을 유지하게 해 주시옵소서. 빛의 자녀임을 선포해 주시니 또 감사합니다. 아침에 저를 위해 기도하는 언니의 마음을 받습니다. 내게 주어진 하나님 자녀들의 축복을 감사하며 기도합니다. 나의 여린 영에 대한 염려를 기도로, 강건함으로 받습니다. 아버지 제가 제 마음을 주장하지 못하게 하시며 늘 섬기는 마음을 갖게 해 주시옵소서. 어디에서나 제가 하나님 자녀임을 잊지 않게 해 주시고 만나는 사람들을 겸손과 사랑으로 대하게 해 주시옵소서. 새벽에 동생을 위해 기도하는 언니를 축복해 주시고 긴 연단을 통과한 형부에게도 기름을 부어 주시고 축복의 축복을 더해 주소서. 천사 같은 동생뿐만 아니라 내게 깊은 생채기를 새겼던 동생들도 똑같이 축복해 주시고 내게 언니로서 역할도, 회복하는 마음도 주소서. 사랑이 넘치는 이로써 온전한 회복을 원합니다. 마음에 조금의 악도 존재하지 않게 해 주시고 남편을 대할 때 주께 하듯 섬기게 해 주소서. 부족하고 연약한 영혼을 불쌍히 여겨 주시고 그 연약함을 사용하소서. 감사드리며 이 모든 말씀 예수님 이름으로 기도합니다.

2016. 06. 11

107. 꿈

꿈을 꾸었다. 뒤통수가 보인다. 반달형으로 묶은 검은색 긴 머리에 흰 머리카락이 제법 많이 보인다. 한 작가가 페이스북에 내 뒤통수를 찍어서 이렇게 멘트를 달아 놓았다. “저자가 미술계를 과연 즐겁게 할 수 있을까?” 그 작가는 전시에는 참 까다로웠지만 배울 점이 많았던 작가이다. 멘트가 한 여섯 개 달렸다. 비록 꿈속이었지만 나도 모르게 긴장감으로 쭉 훑었다. 모두 긍정적인 멘트였고, 바로 잠에서 깨었다. 꿈은 현실과 반대라고 하지만 나의 꿈에는 무의식이 보이거나 예지적인 메시지가 가끔 있다. 너무 생생해서 하나님의 자녀로 해석한다. 현재 영육 간에 강건함이 있는 아주 긍정적인 상태라고.

화해,

형제간의 진정한 화해는 너도 나도 서로의 안경으로 각자의 진실을 보겠고 그 상처도 이해하겠다는 뜻이다. 다만 짧은 생을 살아가면서 상처가 있다 해서 사랑을 감추어 버리는 건 분명 후회할 일이다. 인간은 어리석어 인간이겠지만 자각이 되었다면 서로 사랑하자! 상처마저도…….

2016. 06. 13

Jahyun Seo, Installation of Seeing & Being Seen, Nars Foundation, 2017

108. 매일매일의 다짐

내겐 매일매일이 다르다. 늘 새로운 생각을 하고 불필요한 낡은 것은 버린다. 또한 하루하루를 감사하고 아침저녁의 생각들을 매일매일 새롭게 재구성한다. 어제의 오류를 오늘은 하지 않으며 한계를 인정하고 하나님의 뜻에 순종한다. 게으름은 나를 위해 용납하지 않으며 많은 일을 할 때 포기와 선택을 지혜롭게 하고자 한다. 그건 미래의 성장과 방향에 바른 지표로 인도할 것이다. 늘 사랑을 추구하고 베풀고 오늘의 상처로 내일의 사랑을 덮지 말자.

2016. 06. 14

109. 일상의 선물과 진실된 전문가

작업하다가 허리와 팔이 아파서 잠시 쉬고 있다. 군대 간 제자 한 녀석이 뜬금없이 페이스북으로 메시지를 전해 왔다. 또 기억력 감퇴로 우울하다는 소리에 어여쁜 제자들이 핫초코와 커피를 보내 온다. 모두모두 감사하다. 그냥 애써주는 그 마음들이 너무나 감사하다. 우울할 틈이 없이 더 바쁘게 살면…… 건강이 훅 가려나? 사실 이런저런 생각이 들어 오랜만에 페이스북에 긴 글을 더 남기려 했다. 관계에서 목구멍까지 올라오는 화를 참고 심하게 인내하는 경우 참는 이가 지는 것일까?

사회에서 할 말 다 하고 자신이 잘났다고 주장하는 수많은 이를 만난다. 스스로를 전문가로 칭하고 얼핏 보면 그렇게도 보인다. 나 또한 좀더 젊었을 땐 작은 지식을 내세움이 강했기에 그것이 무엇인지를 깊게 관찰하기도 한다. 그런데 누구나 손쉽게 지식을 찾아 비교 분석이 가능한 시대에 누가 전문가인가? 예전엔 믿을 만한 선배들이 보증한 이, 사회에서 전문가라 칭하는 이, 경력이 한 분야에서 오래된 이들이 과연 전문가인가? 나이가 들면 자신의 능력을 객관적인 시선으로 겸허하게 아는 경우가 많은데 그와 반대로 무언가에 사로잡혀 스스로 착각하게 버려 두는 이가 의외로 많다. 하지만 일을 같이 해 보면 그 깊이를 알게 된다. 상대방을 위한 배려와 양보도 없이 극히 이기적이며 자신의 시선이 100퍼센트 옳다고 생각하는, 지식만 가득하고 지혜가 없는 이들……. 이들이 과연 전문가인가? 오히려 네이버가 더 전문가이다.

올해는 일로 만나고 관계 속에서 겪는 많은 사건과 결과가 주마등같이 스친다. 몇 가지 사건 중에서 지나치게 참는 일도 있었는데 그 자체가 오히려 교훈을 주기도 한다. 물론 결과물은 엉망이다. 마음이 합하지 못한 일의 결과물은 언제나 엉망이다. 그건 내가 또 한 번 사람을 잘못 판단한 증거물이기에 그대로 남겨두기도 한다. 이것은 즉, 내게 또 다른 관계에 대한 내적 성숙이다. 내 또래의 사람들이 욕심으로 인생의 중요한 부분을 놓치고 살지 않았으면 하는 마음으로 진심으로 나를 포함해 기도한다.

사실 인내한 이들 중엔 그들의 머리 돌림을 몰라서가 아니라 그들이 너무나 불쌍해 보여서 양보한 것일지도 모른다. 똑똑함에 속한 욕심보다 오히려 우둔이 낫다. 세상은 보이는 것이 다가 아니다. 많은 시간이 지난 후에 보게 될 수도 있다. 아니면 욕심으로 채워진 마음이 더 커진다면 보지 못하고 참으로 불쌍한 삶으로 종결될 수도 있다.

2016. 06. 15

110. 지천명

돈, 지위, 명예가 아니라 스스로 강인한 사람이 되어 있으면 모든 관계에서 유연하게 대처할 수 있다. 경직된 사고가 아니기에 관계에서도 상처를 받는 일이 미미하다. 오늘 큰딸과 약간의 언쟁 후, 인생 선배로서 관계에서는 유연하게 처신하라고 조언했다. 사회에서 만나게 되는 수많은 관계들, 수많은 갑을 관계와 학연, 지연, 혈연에 따른 다양한 사회적 환경에 따라 유연하게 대처하지 못하면 인격이 덜 완성된, 참으로 촌스러운 인간으로 보인다고 했다. 그건 엄마의 약간 주관적인 생각일 수도 있겠지만 엄마도 뒤늦게 깨달은 인생의 진리였다고. 아이로 인해 또 다른 방향으로 깎이는, 깎다 깎다 나중엔 뼈만 남아 돌아가는 인생인 것 같다. 내 나이가 곧 지천명이라, 인생을 아는 나이가 맞긴 맞는 것 같다.

2016. 06. 16

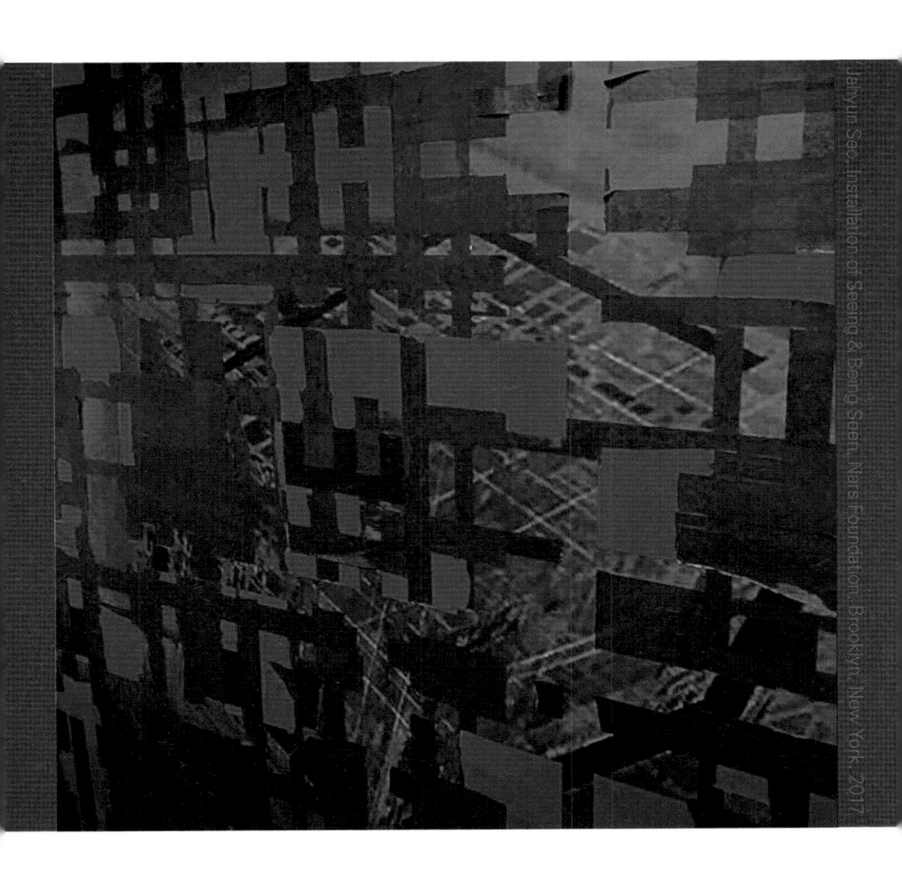

Jahyun Seo, Installation of Seeing & Being Seen, Nars Foundation, Brooklyn, New York, 2017

111. 가족의 쫑알거림

브렉시트(Brexit)라……. 옆지기가 집에 들어오자마자 신나게 얘기한다. '에라이~.' 한대 때리고 싶다. 가장 잘 알 듯하지만 또 너무 몰라서 짜증나는 관계, 가깝기에 기대하지만 놓쳐서 무엇인가에 열을 받는 관계. 지금 옆지기가 사랑하는 마눌은 브렉시트에 관심이 조금도 없기 때문이다.

2016. 06. 24

112. 중년 증상

조금씩 중년의 증상들이 나타나고 있다. 건강부터 티가 난다. 약간만 무리해도 일상에 바로 영향을 받는지 머리가 깨질 듯이 아프면 바로 감기 초기이다. 또한 작은 선물도 무한한 감동으로 다가온다. 나와 성향이 너무 다른 언니의 문자……. 그 사랑을 깊이 느낀다. 나의 유일한 언니이며 항상 기도해 주는 이.

2016. 06. 26

113. 내 거야

아무리 가치가 없어도 '내 거'라는 개념은 가끔 위로가 된다.

2016. 07. 06

114. 담아 둘 때 쪽팔리는 것

감정에 생채기가 났다고 해서 상처로 보지 말자!
그런 건 빨리 털자!
다 지나가는 건데 신경 쓸 일이 뭐 있을까 싶다.
지금 아프다고 해서 나중까지 아프지는 않다.

2016. 07. 06

115. 감정의 흐름

재깍재깍…….
시간 가는 걸 차라리 즐기자. 결국엔 끝으로 가니
정점과 종점에서 점만 찍자.

2016. 07. 06

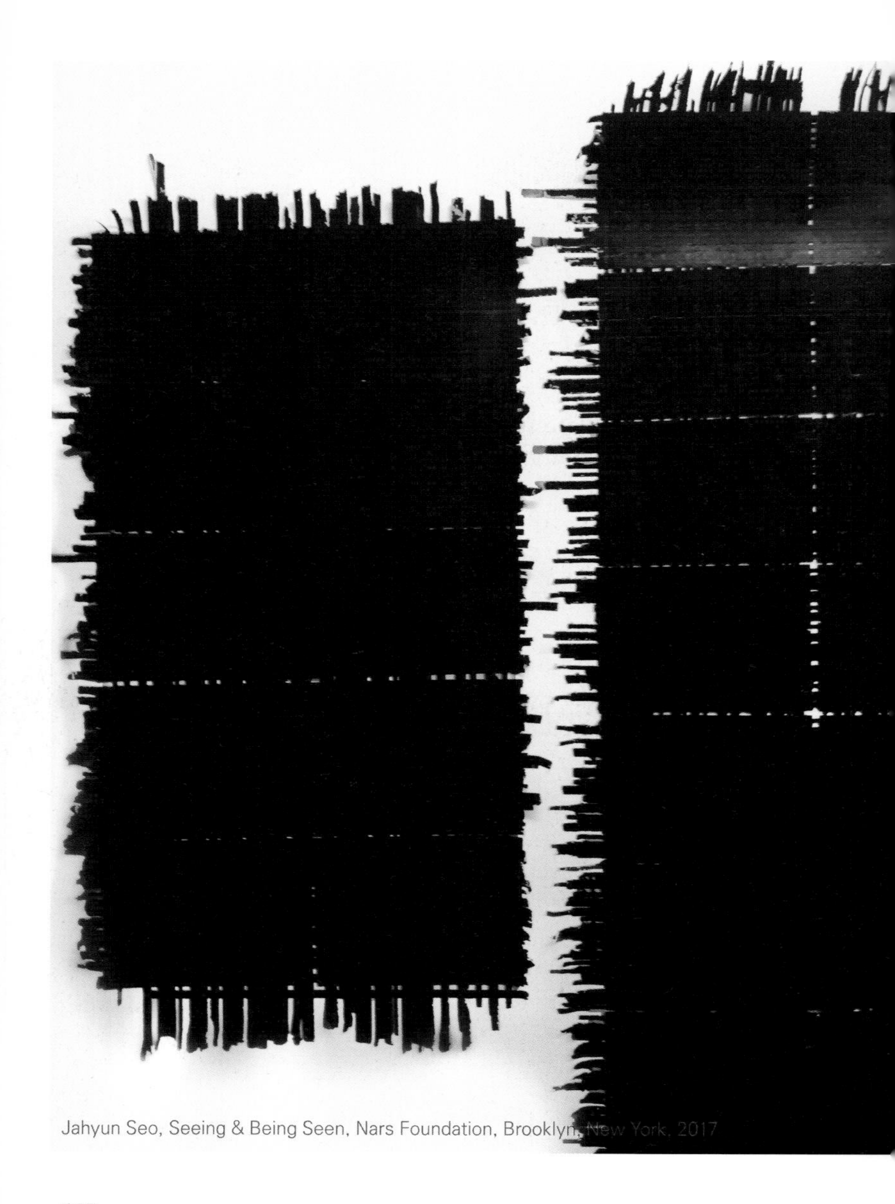

Jahyun Seo, Seeing & Being Seen, Nars Foundation, Brooklyn, New York, 2017

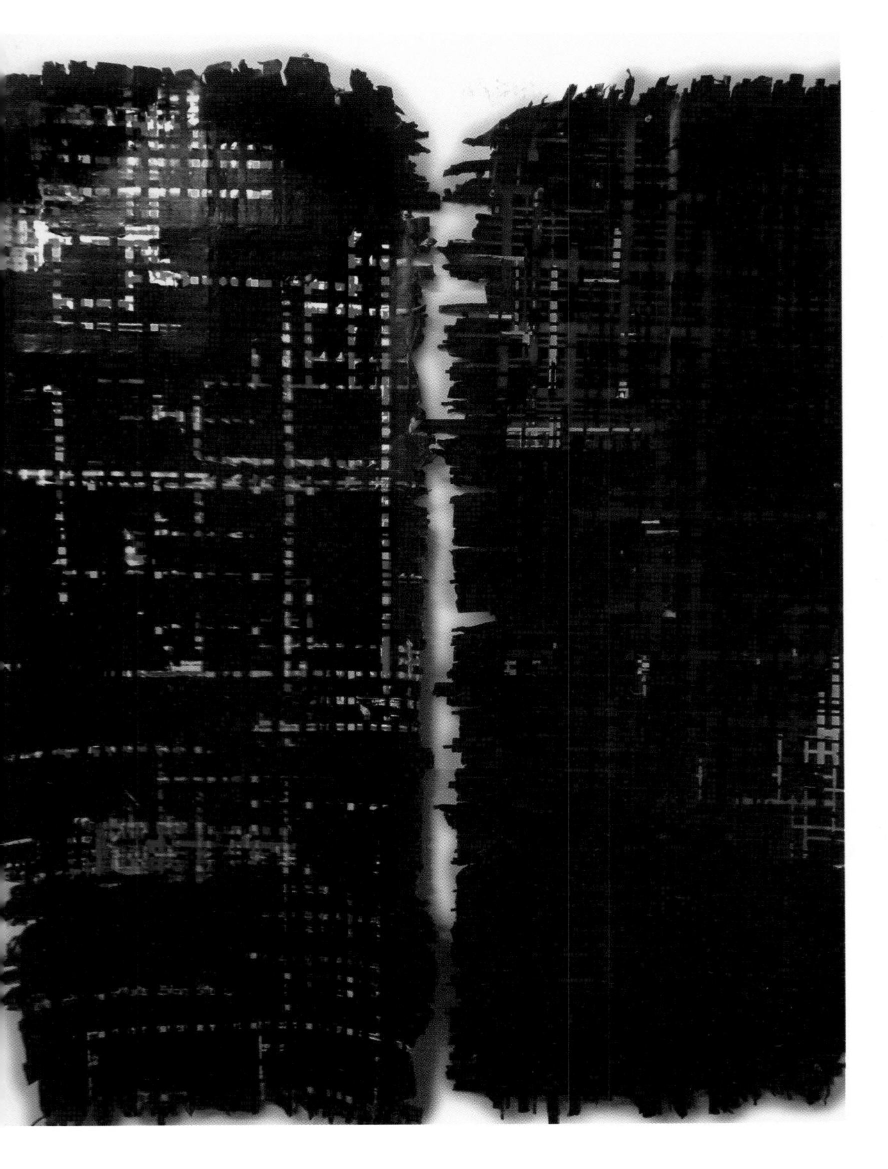

Process, Nars Foundation, Brooklyn, New York, 2017

116. 아픔의 전염

주위에 다 아픈 사람들이다. 나도 그렇고…….
아픈 이들끼리는 건드리지 말자!

2016. 07. 06

117. 쉬지 않는 심장

심장을 꺼냈다 넣었다 하니
쉬지도 못하는 심장 사랑, 그 쓸데없는 것이……. 간혹 쓸 데도 있다.

2016. 07. 06

118. 평생의 숙제

감정의 변덕스러움은 평생 숙제일 거다.

2016. 07. 06

119. 딱 거기까지

관계는 상대적인 거다. 또한 상호적인 것이고.
아닌 관계들은 바로 딱 그 선까지다.
그런데 그 선이라는 것이…… 어디까지인가?
나도 잘 모른다. 답을 안다면 좋을 건가?

2016. 07. 06

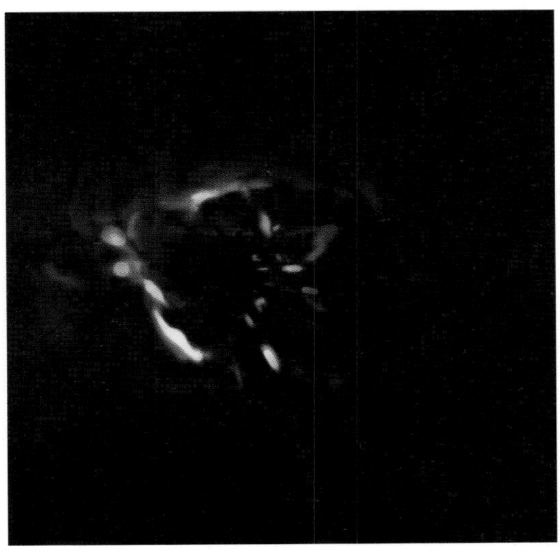

Jahyun Seo, Seeing & Being Seen, Digital C-Print, Part, 2017

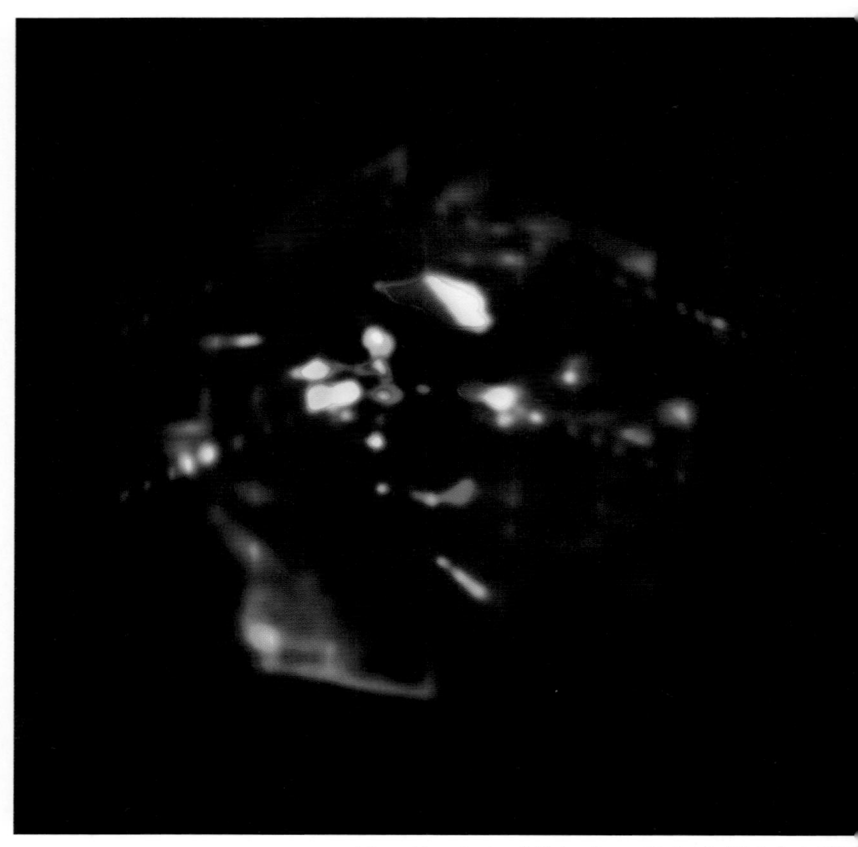

Jahyun Seo, Seeing & Being Seen, Digital C-Print, Part, 2017

120. 사람 간의 관계 의미

사람 간의 관계가 형성되는 아픈 사건들에 별 의미가 없었다고 말하면 상처가 덮어지나? 그냥 상처는 상처이고 어떤 만남도 의미가 없지 않다. 단지 어떤 만남이었는지에 따라 잊어버리는 속도가 다를 뿐이다.

2016. 07. 06

121. 새로움의 기대

새로운 만남이 기다리고 있다. 옛 사람이 좋을 때도 있고 새 사람이 좋을 때도 있다. 지금은 새 사람들에게 기대를 모은다.

2016. 07. 06

122. 다짐

약속한 것들은 꼭 지키자. 상대방과 관계없이 그것을 지키는 것은 나의 룰이다. 그것이 나이기에 그렇다.

2016. 07. 06

123. 결혼한 자녀를 향한 부모의 마음

부모님의 걱정은 언제 없어질까? 쓸데없이 한국에 자주 오지 말라고 해서 그런다고 했다. 내가 미국 영주권을 신청했다는 말에 많은 가족이 우리 부부를 걱정했다. 이유가 있지만 장기간 중년 부부의 떨어짐이 불안한 부모님의 이중적 마음속에 자식을 향한 깊은 사랑이 담겨 있다. 그래서 그런 것은 아니지만 비자를 바꿨다. 영주권이 아닌 예술인 비자로. 옆지기의 마음이 담겨 그렇게 했다. 결국 아프기 싫다는 아우성에 졌다. 이런 결정들이 가족이기에 가능하다.

2016. 07. 06

124. 관계에 대한 짧은 단상

바쁜 여정을 남겨 두고 처리해야 할 일이 많다. 서로에게 '소중함'은 '서로에게'이고 일방적이지 않다는 것은 세상의 진리다. 가까운 사람인 줄 알았는데 한마디 말로 멀어지기도 하고 먼 사람인 줄 알았는데 살갑게 반기는 이들을 대하면서 관계라는 것은 알아도 알아도 어렵다는 생각이 든다. 또한 '서로'인 줄 알았는데 아니구나를 느끼게 되는 경우는 인생사가 참 굽이굽이 어려운 소설로 다가온다. 오늘 책 핑계로 반가운 이들과 문자를 나눴다.

뜸한 소식에도 감사함을 전하는 이가 있는 반면에 새 소식 전하는 것이 맞음에도 불구하고 본능적으로 불편한 감정으로 다가오게 만드는 이도 있다. 각자의 사정에 따른 반응이겠지만 소셜미디어는 오해가 생길 수 있는 여지가 참 많다는 생각이 든다.

2016. 07. 11

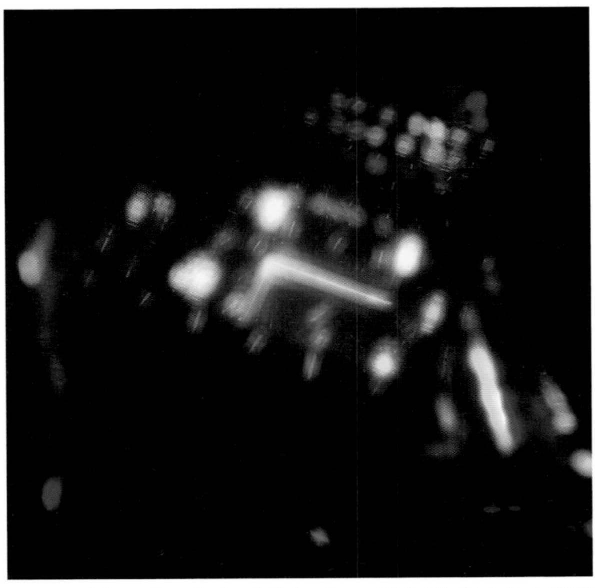

Jahyun Seo, Seeing & Being Seen, Digital C-Print, Part, 2017

125. 이별 속에 시간을 두다

이별을 깊이 느끼는 여정 속에 시간을 두다.

2016. 07. 12

126. 과거와 현재가 교차하는 데이트

옆지기와 우연히 시간이 교차해 낮 데이트를 했다. 결혼 전 자주 가던 한강의 한 까페에서 이른 저녁을 함께 했다. 그 당시 첨단의 느낌은 사라지고 건물도 우리처럼 세월을 많이 겪은 듯하다. 맛난 음식과 즐거운 대화, 옆지기의 다양한 몸짓, 아침에 내게 투척한 "내가 원한다면……." 행복이 별건가……?

2016. 07. 12

127. 당혹스러운 감정들

살다 보면 자신도 정의 내리기 어려운 감정 처리가 제일 어렵지 않은가? 당혹스러운 감정이 생기면 삼십육계 줄행랑이 최선이다. 이게 비겁한가? 아니다. 감당이 안 되니 그냥 감정에 솔직한 발버둥인 것이다. 인간의 연약함을 알고 인정하게 된 중년 작가의 지혜이다. 다행히 내가 예술가여서 좋은 점은 당혹스러운 감정을 작업에 담을 수 있는 내면의 움직임이 작품의 소재로서 폭발시킬 수가 있다는 것이다.

2016. 07. 12

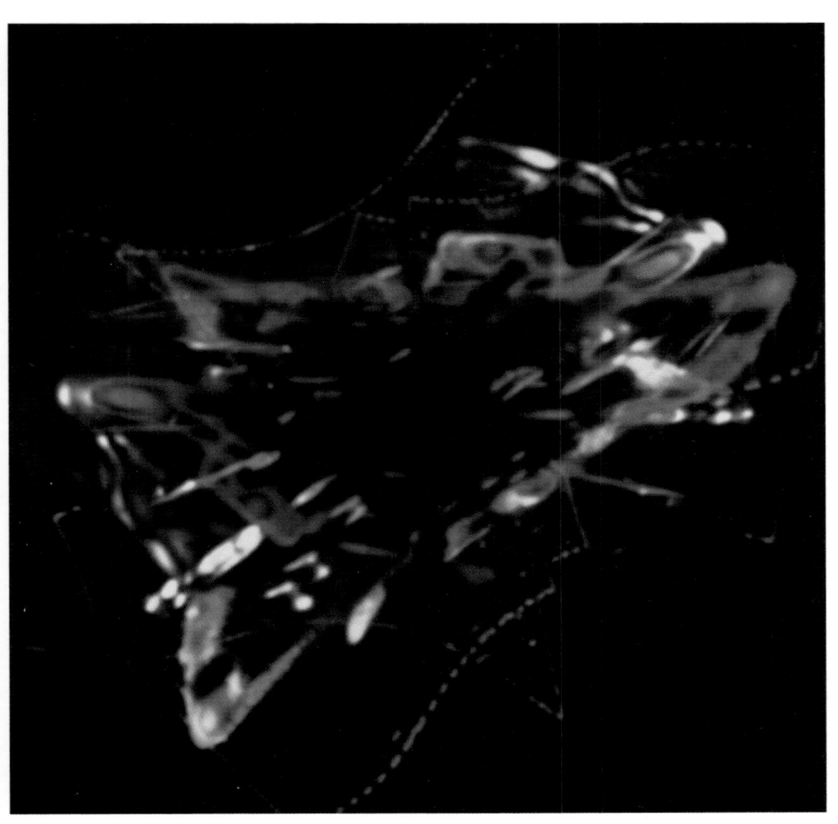

Jahyun Seo, Seeing & Being Seen, Digital C-Print, 2017

128. 기독교인이라고 하는 사업가

난 훌륭한 사업가는 못 될 듯하다. 기독교인들이 너무 이윤을 남기려 머리 굴리면 그 욕심이라는 악취에 취해서 인간의 본질을 떠올리고 결국 '인간의 원초적 죄'의 존재에 다시 한 번 깊이 동의하게 된다. 상대방도 숨은 쉴 수 있게 합리적으로 이윤 추구를 하면 좋겠다. 누구에게나 시간과 돈은 소중하다. 그것을 일방적으로 탐하고는 기독교인이라는 이유로 하나님의 일이라고 말하지 않았으면 좋겠다. 온전한 하나님의 일이라면 마음이 그렇게 불편하지는 않을 것이다.

2016. 07. 12

129. 이해는 어디까지

이해하는 깊이에 따라 관계도 결정되는 것 아닌가?
가치라는 것은 고통스러운 것이 따르기에 그만큼 귀하고 어렵다.

2016. 07. 14

130. 성경적 남편과 아내

"남편은 아내를 유일하게 전심을 다해 사랑해야 하고, 아내는 존경할 수 없을 때도 남편을 존경하고 귀히 여겨야 한다. 이유는 뼈와 살이 같은 한몸이기 때문이다."
설교 말씀 중에 나온 이야기다. 두고두고 묵상해야 하는 말씀이다. 그러니 부부가 서로 미워하는 것은 자신을 미워하는 거다.

2016. 07. 14

131. 부모는 그래야 한다 혹은 그러하다

부모는 자녀를 사랑하는 것을 행동으로 보여 주고 또한 바른 모습으로 살아가려고 노력하는 건강한 삶을 물려 주어야 하는 책임이 있다.

2016. 07. 16

132. 삶의 가치

자녀에게 쉽게 변하는 것에 삶을 맡기지 말고 얻기는 어렵지만 희생과 인내로 변하지 않는 것을 얻을 수 있도록 말씀을 가르치자. 그리고 자녀가 그 가치를 발견했을 때는 꽉 움켜지고 죽을 힘을 다해 지키려고 노력할 수 있는 영성을 가지게 하자.

2016. 07. 16

133. 보물

자녀에게 줄 수 있는 것은 보이는 것이 아니다. 어디에도 담을 수 없는 보이지 않는 가치를 성경에서 찾을 수 있다는 것을 알려 주는 것이다.

2016. 07. 16

134. 인간을 이해한다는 것

죄를 이해하는 건 아니다. 인간의 연약함을 이해하는 거다. 죄는 끊어야 한다. 스스로 못 끊으면 신에게 매달려야 한다. 그게 유일한 탈출구다. 영적 연약함 때문에 인간이 불쌍한 거지. 인간만큼 악행을 자행하는 데 경계가 없는 동물이 또 있는가?

2016. 07. 16

135. 옆지기

내게 변화를 갖게 만드는 이는 늘 바보같이 한결같은 옆지기이다. 감정의 변화와 생각의 폭이 큰 내게 유일하게 영적 안정감을 제공한다. 내가 삶속에서 겪는 소소한 앓이와 큰 폭풍에 방치하는 법도 없고 셈도 없으며 늘 그 자리에서 반석 같은 사랑을 내게 준다.

2016. 07. 16

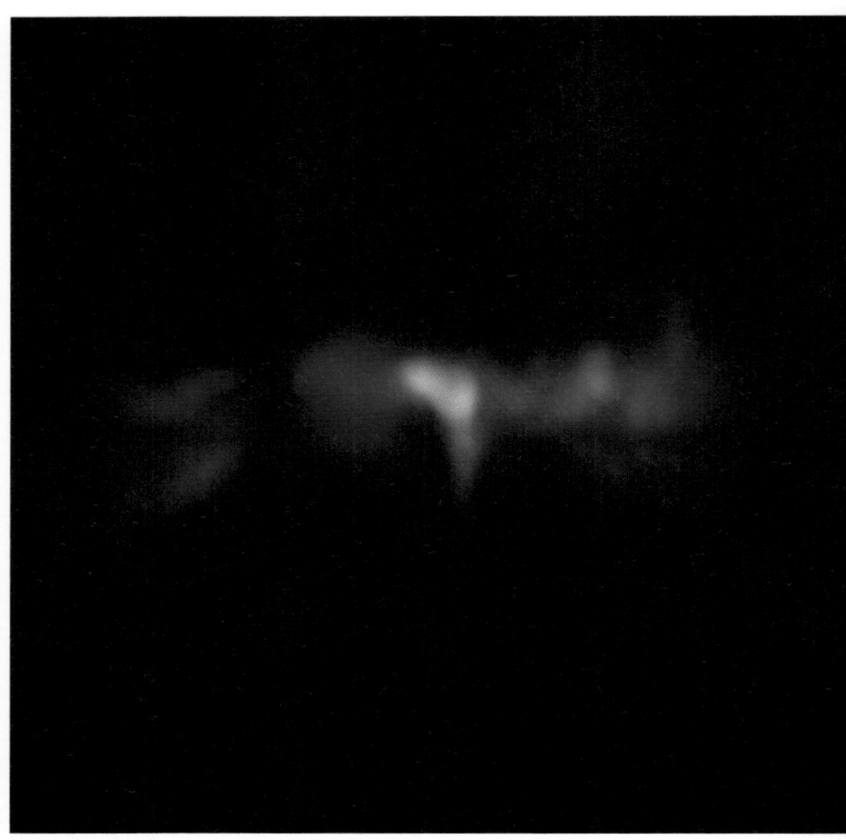

Jahyun Seo, Seeing & Being Seen, Digital C-Print, Part, 2017

136. 진짜 부부가 되어 가는 과정

옆지기…….

사랑. 변화가 많은 감정 호르몬의 부작용을 넘어 상처와 희생, 미움도 모두 들어간 감정으로 널 이해해. 그리고 아마도 너만큼 나를 이해하는 이가 없을 것이고, 너도 그렇고……. 난 그것을 존중하고, 그것을 이해하게 된 시간에 감사해. 남이 내가 되어 살아온 그 시간들의 불협화음이 어느덧 잔잔한 하모니를 들려주지. 간혹 치열했던 불협화음이 생각나기도 하지만 그건 나만의 불협화음이 아니라 공동으로 낸 음악이기에 우린 그 음악의 감상법을 알지. 늘 편지를 써 주는 너로 인해 나에게도 없던 습관들이 생겼지. 그건 이미 너와 내가 하나의 하모니를 낼 수 있는 독립된 시공간에서 함께한다는 것이지. 내겐 바로 이것이 사랑이야. 너는 내게 유일하게 수많은 화음을 알려 줬어. 난 그게 고마워. 내가 악보를 찢어 버릴 수 있었는데도 넌 늘 기다려 줬어. 나도 널 그렇게 기다릴 거야……. 내 상처가 치유되고 활짝 웃을 날에 네가 늘 내게 주는 커다란 꽃과 마음의 선물을 줄게.

2016. 07. 16

137. 사각 심장

수많은 사각방 한 곳에서 새빨간 심장 소리 없이 깜빡거린다.
주위의 소음도 소리 없는 심장의 움직임에 반응한다.
심장 옆 소음과 조용한 그래프는
방에서 느껴지는 모든 감각을 선으로 정리한다.
남의 방, 나의 방, 우리 방…….
연결되거나 끊어진 곳 교차로에서 보는
마지막 방…….
사각 심장

2016. 07. 18

138. 일상의 기도

아버지. 두려움이 밀려오는 순간 뒤도 안 돌아보고 아버지께로 달려갑니다. 내 안의 모든 어둠을 밝혀 타인을 이해하는 마음도 평강을 유지할 수 있게 기도합니다. 시간에 쫓기는 성급함으로 감정들이 부딪히지 않게 하시고 일을 서두르지 않게 해 주시옵소서.

2016. 07. 21

139. 의미와 답

삶속에서 인간이 하는 모든 행위는 의미가 있는가? 가끔 가치가 없다고 생각하는 것들에 답이 보인다.

2016. 07. 24

140. 진리

인연의 끈이 끊어질 때 소리가 없는 경우가 더 많다.

2016. 07. 26

141. 뻘짓

소통을 많이 하면 할수록 내면에 공허감이 쌓이는 현상을 느낌에도 불구하고 심한 스트레스로 가끔은 툭툭 쓸데없는 짓을 하거나 쓸데없는 말을 내뱉기도 한다. 인간에게서 느끼는 불만족이 내 삶에 영향을 주지 않는다고 다짐하지만 심한 스트레스는 평안을 깨뜨린다. 진정한 친구가 참 그게 어렵다. 각자의 틀을 가지고 있어서 차라리 모르는 이들이 더 나을지도.

2016. 08. 22

142. 익어 가는 감성과 사랑

막내 남동생이 뉴욕의 석양을 보며 "아름답지?"라고 물어왔다. 운전 중이었지만 도시의 야경을 보며 자신의 감정을 표현하는 동생이 고맙다. "아~ 아직 괜찮구나! 감성이 살아 있어서……." 오랜 유학 생활 끝에 미국에서 자리잡은 동생의 모습에 그간의 심리적 고통들이 녹아 있는 것이 언행에서 얼핏 보였다. 누나이기에 걱정이 많은 마음이었는데 동생의 이 한마디가 나를 안심시켰다. 그간 올케와 조카를 많이 만나지 못했지만 내 동생에게 정말 사랑을 충분히 받았으면 좋겠다는 생각이 들었다.

결혼이 사랑의 결실이라고 생각하는 20대를 지나면 '사랑'을 정의하는 것이 얼마나 어려운지 체험하게 된다. 수많은 감정이 얽혀 위치에 따라 사랑의 정의를 다시 하게 되고, 결혼이라는 제도를 선택한 사랑 앞에 살아가면서 지독하다고 표현되는 사랑의 감정을 수시로 겪으면서 자신도 모르게 조금씩 다듬어져 간다. 자식 사랑, 부모님의 사랑, 부부간의 사랑, 연인 간의 사랑……. 모두 다 그 감정이 다르지만 우리는 그냥 '사랑'이라고 한다.

2016. 09. 04

143. 선을 넘지 않는다는 것

하나님, 지금 제가 도울 수 있는 것이 전혀 없음을 깨달았습니다. 또 옆지기와 한 오래전의 약속도 꼭 지켜야 합니다. 절친과 한 약속, 친구로서 늘 함께라는 약속은 지키겠습니다. 회복을 향해 가는 길에 친구의 도움이 필요하다면 지켜야 하는 선 안에서 최선을 다하겠습니다.

2016. 09. 04

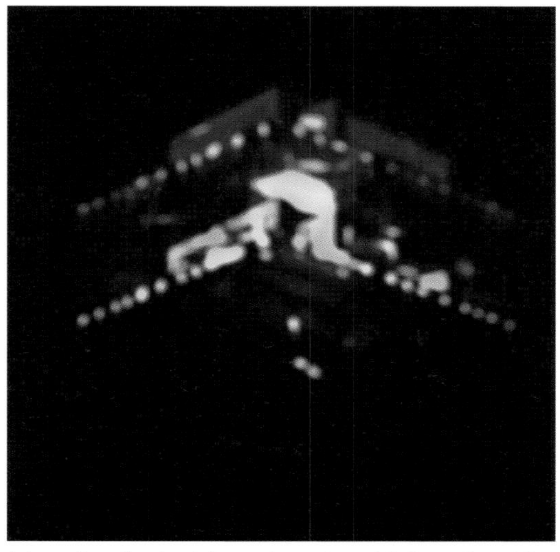

Jahyun Seo, Seeing & Being Seen, Digital C-Print, Part, 2017

144. 옆지기가 사랑하는 법

아버지! 참된 '사랑'의 정의를 옆지기에게서 보고 또 배웁니다. 옆지기의 사랑은 20년 전이나 지금이나 똑같습니다. 아니, 더 절절한 모습으로 다가옵니다. 아내를 위해 새벽기도를 다닌다고 들었습니다. 잠은 하루에 4시간도 안 자는 사람입니다. 저는 낙타 무릎이 되어 기도하는 것이 어떤 것인지 잘 압니다. 가장 어려운 시기에 옆지기가 저를 위해 눈물로 새벽마다 거실에서 기도하는 것을 보았습니다. 지금 또 저를 위해 부족한 잠을 또 쪼개어 기도하러 나간다고 합니다.

하나님, 저…… 뭡니까?

깊이 묵상하며 아버지께 나아갑니다. 부모님 사랑, 옆지기 사랑, 형제들 사랑, 자식들의 사랑, 또 시어머니 사랑까지. 어떻게 그 많은 사랑을 큰 감사 없이 그렇게 쉽게 먹었는지 모르겠습니다. 야윈 옆지기 모습 속에서 제가 없으면 안 되는 일상들을 어찌 그리 쉽게 무시하고 제 하고픈 것을 결단했을까요? 제 용기가 교만이 아니기를 기도합니다. 내 안의 뜨거운 움직임이 성령님임을 인지하고 지금의 제 발걸음이 틀린 것이 아니기를 두려운 마음으로 또한 기도합니다.

아버지! 내 안의 교만함을 수시로 걷어내시고 제게 주신 많은 사랑과 풍요로움이 내 것이 아니므로 다시 하나님 자녀들에게 모두 돌려줘야 하는 빚진 자임을 늘 잊지 말게 해 주시옵소서. 가장 사랑하는 옆지기의 건강을 저 대신 꼭 챙겨 주시길 기도합니다. 또한 머리 스타일이며 의상도 제가 없음이 티가 나지 않도록 해 주시고 하는 일들 또한 너무 스트레스 받지 않고 선하게 풀어갈 수 있도록 인도해 주시길 기도합니다.

2016. 09. 04

Brooklyn, New York, 2017

145. 이웃을 향한 사랑

하나님은 예수님을 통해 '사랑'을 남기셨습니다. 특히 이웃 간의 '사랑'을 강조하셨는데 나이가 들고 사회 속에서 더불어 살아가며 정말 사랑할 수 없는 인간들과 만나게 됩니다. 제발 기독교인이 아니길 기대해 보지만 기독교인이든 아니든 사실 그게 그렇게 중요해 보이지는 않습니다. 보이는 모습이 기독교인이어도 아닌 사람을 많이 보았기에 아버지, 악한 이들을 바라볼 때 분노가 마음속에서 일어남을 느끼지 않는다면 제가 인간이 아니겠지요?

아버지! 그런데 왜 그런 걸까요? 자기 것은 절대 놓지 않고 꽉 움켜잡고 남의 것은 일말의 양심의 가책도 없이 뺏는 마음들과 자기 것처럼 포장하는 기술들, 이건 도둑질하는 것이잖아요? 그냥 연약한 인간이기에, 불쌍한 인간이기에…… 그렇게 이해합니다만 그런 인간들이 너무 많습니다. 그래서 인간이 죄인인 거지요? 그래서 '사랑'이라는 단어가 더 위대해 보입니다. 사랑하지 못할 때 죽을 힘을 다해 사랑하기를 애써야 하는 마음……. 너무 원초적인 질문이었지만 내 안을 들여다보면서 저 또한 온전하지 못함에 부끄러움을 느낍니다.

2016. 09. 06

146. 할 수 없는 상황

감사할 수 없는 상황에서 감사, 사랑할 수 없는 상황에서 사랑, 참을 수 없는 상황에서 참음.

2016. 09. 07

147. 정해진 시간의 흐름

한 시즌이 곧 끝나간다. 시작한 지가 며칠 전 같았는데 벌써 시즌 마무리를 위한 오픈 스튜디오를 준비해야 한다. 며칠 전 크리틱을 한 러시아 디렉터가 새로운 작품 블랙시리즈를 재미있어 했다. 나도 현재까진 무척 즐거운 작업이다. 결국 완전한 블랙으로 표현될 작품이기에.

2016. 09. 08

148. 좋은 소식이 주는 감사함

아침에 좋은 소식이 들린다. 아는 동생이 비행기 기장이 되기 위해 훈련을 오래 하고 많이 고생했다. 그 동생 덕분에 좋은 기장 한 명이 나오기까지 얼마나 어려운지를 알았다. 순아, 마음껏 원없이 날아다니고 행복하기를 축복한다.

나이가 들어가면서 '저 노인 참 고약하다!'라고 생각하게 하는 이들을 가끔 본다. 불쌍하다는 생각이 드는 것은 순전히 내 개인적 감정이지만 그들에게 그 고약한 향기를 없앨 시간이 남아 있지 않은 것이 제일 안타깝다. 타산지석! 언제 죽더라도 좋은 향기가 남는 삶, 내 삶의 이상향이다. '주장하는 사람보다 이해하려고 하는 사람, 버려야 하는 습관들을 인지하고 변화하려고 조금씩 애쓰는 사람, 과거는 성숙의 도구로 삼고 현재와 미래를 살려고 하는 사람, 자신만을 위한 삶을 넘어 타인에게 넉넉히 나눌 수 있는 사람, 내면에 따뜻한 사랑을 계속 쌓는 사람, 타인의 삶과 시간을 존중할 줄 아는 사람.'

2016. 09. 08

149. 시간 고무줄

머리 안에서 다가오는 오픈 스튜디오 일정을 짜느라 바쁘다. 그런데 옆지기의 방문으로 시간이 더 모자라게 되었다. 비는 시간들을 어떻게 채울지 계산하느라 머리가 빛의 속도로 움직인다.

2016. 09. 10

150. 뭔가를 정의한다는 것

뭔가를 정의하면 잠시 클리어되었다가 다시 복잡해진다. 우리는 왜 자라면서 수많은 감정을 향한 자유로운 시선들이 있고 그 감정들을 존중하며 바라보는 교육을 못 받았는가? 인간은 본래 악해서, 죄인이어서……? 미묘한 감정의 흐름 속에 아까운 시간은 그냥 흘러간다.

인간의 삶도 재생 버튼, 스톱 버튼, 돌아가기 버튼이 있으면 어떨까? 시간을 멈춰 놓고 복잡한 것들을 정리하고…… 그러면 과연 행복할까? 지금은 시간이 낭비되었을 때 제일 속이 상한다.

2016. 09. 13

151. 상대적인 것과 참사랑

뉴욕, 여러 일정으로 바쁘긴 해도 이렇게 깊이 생각하고 생각할 수 있는 시간이 삶의 과정 속에 허락된 것이 너무 감사하다. 몇 시간 뒤에 옆지기가 온다. '아내바보'라고 농담 삼아 얘기하곤 하지만 사람들은 그 말의 반전은 모른다. 아무것도 안 했는데 상대방이 끊임없이 사랑을 주고 변함이 없지는 않다. 그의 아내바보 모습은 많은 걸 함께 겪으며 잘 참아준 아내를 위한 감사와 진심이 담긴 사랑의 모습이다.

모든 것은 상대적인 거다……. 정말 그런가?

중년의 나이가 되었을 때 '상처'가 없는 이가 어디 있겠는가? 그 상처들의 깊이는 다르지만 아픔은 그 어떤 것도 힘든 거다. 사랑처럼 말이다. 사랑에는 늘 책임이 따른다. 달면 삼키고 쓰면 뱉는 것은 사랑이 아니다. 사랑의 시작은 여러 감정과 함께 쉽게 올 수도 있다. 문제는 그 다음에 따라오는 수많은 책임감과 인내를 어떻게 삶 속에서 잘 녹여야 하는지가 늘 숙제로 다가온다. 충실히 숙제를 했어도 오답이 나오는 것이 인간의 삶이다. 늘 인간에 대한 공허감이 내면에서 스위치로 온/오프 된다. 잠시 꺼 둔 감각들이 살아 움직일 때 가끔 당혹감을 느끼고 인간의 인간 됨이 무엇인지를 또 생각해 본다.

개인적인 의견으로는 결혼 생활 중에 공허함이 몰려오는 시기는 성장 욕구가 강한 이에게 다양한 지식이 들어오고 그 지식으로 보는 세계관이 바뀌고 시선이 급변화를 가지게 되었을 때, 성장 속도의 차이에 따라 느끼는 감정들이 달라졌음을 깨달았을 때인 것 같다. 미숙함으로 만나 완성되어 가는 인간의 삶속에서 사랑하는 부부라도 시선의 차이가 생기는 시점이 온다. 삶의 남은 시간들이 고뇌로 다가온다. 그래서 삶의 지혜를 하나님께 묻는다. 하나님이 하신 말씀, 사랑해라! 주께 복종하듯 힘써서 사랑해라! 사랑할 수 없을 때도, 사랑할 대상이 아닐 때도 더욱 사랑해야 하는 것! 하나님이 인간에게 준 계명 중 이것이 가장 큰 숙제 아닌가…….

2016. 09. 13

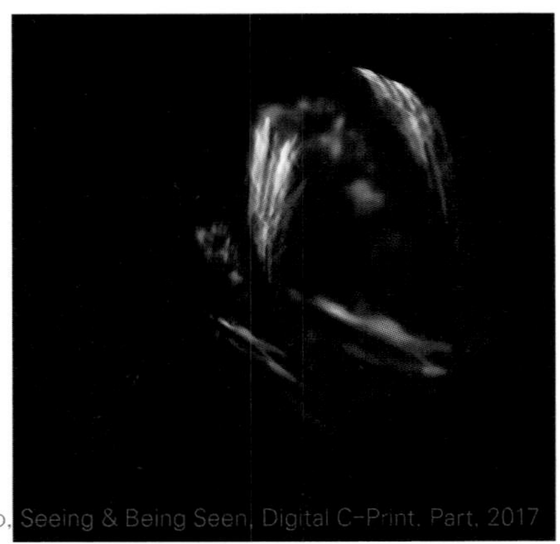

Jahyun Seo, Seeing & Being Seen, Digital C-Print, Part, 2017

152. 작품이 주는 감흥

오늘 옆지기와 모마에 가서 갤러리의 컬렉션 작품들과 브루스 코너(Bruce Conner)[2]의 작품들을 감상했다. 갤러리 컬렉션의 작품들은 별로 흥미로운 것이 없는 따분한(?) 작품들이었다. 하지만 맨 꼭대기 층에 도달해 브루스 코너의 작품들을 보는 순간, 눈동자의 움직임과 걸음, 사진을 찍고 싶은 충동까지 생겼다. 하하하, 감시가 너무 심해 사진을 많이 못 찍고 결국 책을 삼으로써 갈증을 달랬다. 어느 시대에 살았든지 인간의 감정들이, 아니 예술가의 시선들이 비슷하게 움직인다는 점을 브루스 코너의 영상과 시각적 이미지들을 통해 다시 한 번 느끼게 되어 너무 행복했다.

2016. 09. 15

---

2 **브루스 코너(Bruce Conner)**
1932.11.18~2008.07.07, 미국인 화가로 영화, 그림, 조각, 콜라주 및 사진 작업을 했으며 실험 영화 제작의 선구자이다.

153. 화목한 추석

추석이다. 분가한 가족들이 모여 장시간 많은 것을 공유한다. 좋은 점도 있겠지만 당연히 그간 보이지 않게 쌓인 감정들이 부딪힐 확률도 있다. 모두의 가정에 화목이 깃들기를 기도한다.

2016 .09. 15

154. 어긋남의 피곤

갑자기 일상의 패턴이 깨졌다. 약간의 짜증스러움과 어지러움이 몰려오기에 무엇이 옳은 것인지 다시금 생각해 보았다. 현재의 시간에 충실하고 행복하게 시간을 쓰기로 했다. 마음을 고쳐먹으니 장시간의 움직임도 피곤함도 좋다. 또한 과한 음식물 섭취도…… 그냥 둔다. 모든 것이 계획대로는 되지 않는다.

2016. 09. 15

155. 다르다는 것

수년이 지난 후 그대로이거나 퇴보한 이들을 바라보는 나의 시선은 교만한가? 실망스러운 마음이 드는 것이 교만한 건가? 인간은 왜 어느 시점에서 성장을 멈추고 자신을 방치해 버리는가?

내가 이상한 건가?

2016. 09. 15

156. 뉴욕 맨

시카고로 가는 길이 험하다. 연착으로 한 시간째…… 기다리는 중. 졸린다. 내 앞에서 왔다갔다하는 키 큰 중년 남자, 짧은 바지에 배는 불룩 나왔고 긴 머플러를 걸치고 있다. 곱슬의 단발머리를 머플러와 함께 가끔 기괴한(?) 동작으로 흔들어 준다. 난 속으로 '울랄라~'를 외쳐 본다. 그 모양새가 하도 재미있어서 심심하지는 않다. 뉴욕 피플이 꿀잼이다.

2016. 09. 15

157. 자녀의 성장

아이가 또 많이 성숙했다. 깊이를 생각하게 하는 몇몇 문장들……. 인간의 공통적인 생각 '나는 누군가? 나는 아프다!'로 인간을 얘기한다. 다소 공격적인 나의 질문들에 감정 또한 조절해 가며 자기 주장을 한다.

2016. 09. 16

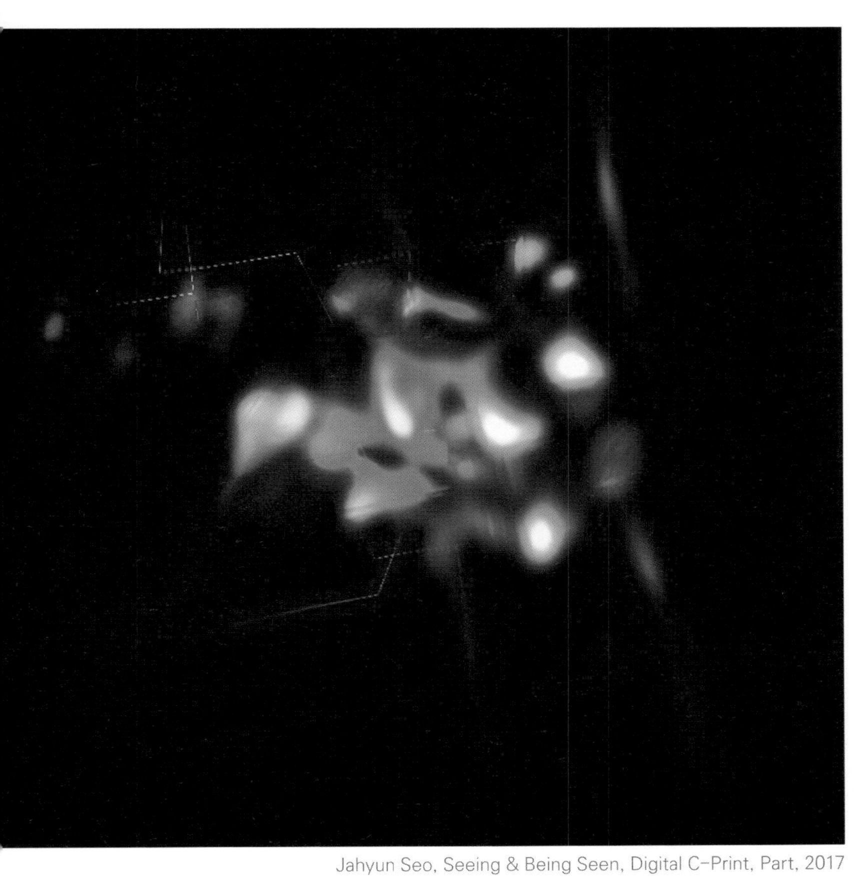

Jahyun Seo, Seeing & Being Seen, Digital C-Print, Part, 2017

158. 하고 싶은 말을 한다는 것

아주 오래전 내 뒤통수에 제대로 칼침을 꽂은 이가 있었다.
근데 그 인간이 한 말 중에 가끔 기억나는 한 문장이 있다.

"어떻게 하고 싶은 얘기를 다 하고 사는가?"

긍정인지 부정인지 모를 그 한 문장은 시간이 흐르면서
나 자신을 위로하며 되새긴다.

"어떻게 하고 싶은 얘기를 다 하고 사는가?"

2016. 09. 18

159. 타인의 행복이 내 행복이 되는 경우도 있다

남은 시간을 계산한다. 빛의 속도로 일을 동시다발로 처리해야 한다. 후회하는가? 아니다. 행복해하는 모습을 봤기에 충분하다. 인간은 자기를 위한 행동과 만족이 최상의 행복으로 이끌지 않는다. 남의 행복도 때론 강한 행복감과 연결되기도 한다.

2016. 09. 18

160. 분별함

인간이 얼마나 지랄 같고 변덕스러우며 악한지 모르는가? 타인의 시선에 따라 사는 삶이 아니라 내가 하고픈 것을 단지 선택하고 책임을 지면 되는 것이다.

수많은 선택 앞에서 타인의 시선 때문에 갈대처럼 흔들린다면 내 삶을 사는 것이 아니라 그들의 삶을 대신 살아 주는 거다. 그렇게 삶을 내버려두지 말자. 다들 자신의 삶이 중요하지 남의 삶은 그리 중요하게 여기지 않는다. 무심코 던진 돌에 맞아 죽지는 말아야 할 것 아닌가?

오늘 남동생과 대화하는 중에 생각났다. 사회생활 속에서 선악을 분별함이 있어야 한다. 억울하다고 해서 남들과 똑같은 선택을 할 건가? 타인과 별개로 내가 옳다고 생각하는 것을 선택할 건가? 그건 자신 안에 있는 양심에 따른 선택이 아닌가? 변명과 욕심에 점철된 포장을 벗겨 내면 안다. 다들 뭐가 맞는 것인지……. 단지 늘 타협하고 싶은 마음에 타인을 끌어들여 자신의 용기 없음을 포장할 뿐이다.

2016. 09. 18

161. 사랑의 한계

사랑 때문에 많은 것을 할 수 있고 또 반대로 사랑 때문에 많은 것을 하지 못할 수도 있다. 예수님은 깊이도 알 수 없는 가장 큰 숙제이자 주제인 그것을 제한된 시간 속에 던져 주고 가셨다. 알파이고 오메가이신 하나님은 그냥 아시는 거 아닌가? 우리의 선택 그 시작과 끝을…….

2016. 09. 18

162. 도돌이표

도돌이표, 인간이 살아가면서 겪는 많은 한계는 신이 절대적으로 존재해야만 하는 당위성이다. 그런데 도돌이표 식의 삶은 그 한계를 자신의 닫혀 버린 자아에 묻어 버린 결과이다. 삶을 어떤 시선으로 보느냐에 따라 수많은 정답이 있고 성경의 명쾌한 정답이 있음에도 인간의 자유의지는 그걸 선택하지 않는다.

또다시 생각이 많아지는 밤이다.

2016. 09. 22

163. 좌절 속에 다시 하나님

시간 낭비라고 생각하는가? 아님 의미가 있다고 생각하는가?
인간은 가지고 있는 원래의 속성을 못 바꾸는가? 가능할까?
수많은 좌절 앞에 하나님을 바라본다.

2016. 09. 22

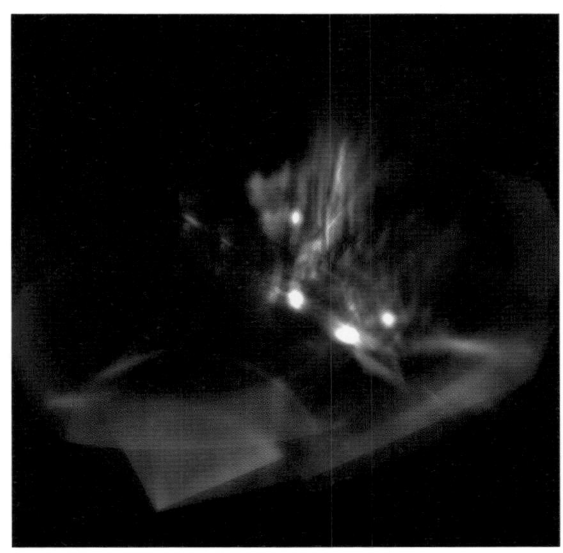

Jahyun Seo, Seeing & Being Seen, Digital C-Print, Part, 2017

보는 것과
보여지는 것의
스케치

Seeing & Being Seen

Samuel Draxler is a curator, writer, and artist based in Brooklyn, NY.

For her solo exhibition *seeing & Being seen*, Jahyun Seo has constructed
centered around the complex role that media plays in contemporary life.
media possesses a unique power to produce and disseminate images, a
corner of a society. Now more than ever, we live in a media cycle that co
sustaining and self-referential frenzy. Concurrently, our intimate relations
means that an average individual will not only consume, but produce sco
media artifacts.

Seo's exhibition adopts these media conditions as its subject, but also it
bulk of the show is constituted of digital prints in subdued, dark palettes,
began as drastically dissimilar handmade paintings. These originary piec

'보는 것과 보여지는 것의 환상-서자현 뉴욕서 개인전

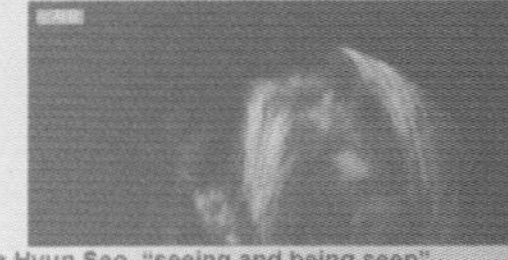

Ja Hyun Seo, "seeing and being seen"

PARALLEL VISION
By Chris Romero

The work of Ja Hyun Seo borders a variety of mediums including textiles, painting, and d
art. From Seoul and based in New York, Ja Hyun is currently a artist resident of the NAR
foundation. Ja Hyun's latest series of works "seeing and being seen", is an allegory for o
present lives mixed between the physical and digital. In many regards, the series plays w
parallels:

darkness and light
bright colors and shades of black
information and disinformation
physical and digital
real and fake

In observing these parallels, Seo utilizes the term "seeing and being seen" to analyze ho
view an artwork - how we process an image as information and the swell of emotion it m
feel. To accomplish this, Seo follows a process of editing, layering, and transforming an i
over and over again, to the point where it is hard to tell if the images might be linked. In t
the series is about transference, the paintings are the beginning of the series and they a
transformed and warped into new digital forms.

In this essay, I will discuss describe the painterly form of Seo's work in comparison to the
images. From there the essay will discuss how our mind perceives the real and fake in to
digitally saturated information fueled society.

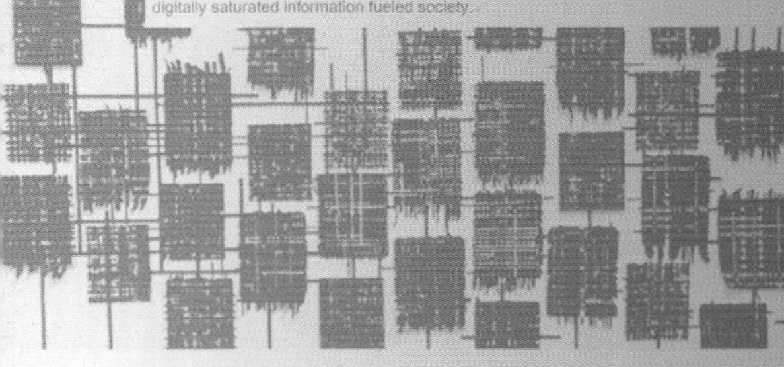

a Galleria: Seeing and Bei
een

ine 28, 2017 - July 10, 2017

MaMa Galleria | 47 Great Jones Street

allery Hours: Wednesday to Sunday 1 to 7PM, or
ppointment

ee Admission

NEWSPOLITICSEN

D. Dominick Lombardi, Contributor
Artist, art writer and curator

Jahyun Seo: seein

05/02/2017 03:46 pm ET

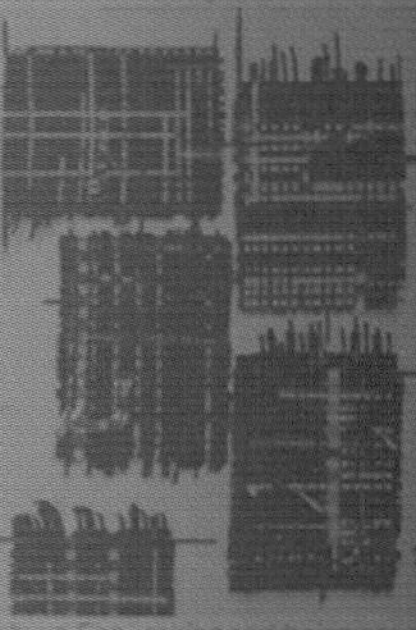

Jahyun Seo, *seeing and being seen*,

Jahyun Seo's abstractions reflect the
curious ways. She sees us as we op
and cognitively as compartmentalize
relationships we cultivate, the jobs w
and the social presence we put forth
up and prejudge yet we feel little co
perceived by others. And with social
'others' can be an endless and pain
that have access to our every move,

Seo's latest series, ***seeing and being***
years through a multitude of materia
as she explores all the states of the
conscious to the unconscious, awak

Seo's art suggests we live lives that
many things that are out of our cont

보는 것과 보여지는 것의 스케치

백지연 큐레이터

서자현 작가는 뉴욕에서의 거주 기간 인간의 관계에서 확장된 관심사인 미디어 공간에 비친 인간 군상에 대해 콜라주 형식의 페인팅과 사진, 설치 작업을 선보인다. 작가는 캔버스 위에 종이테이프를 이용해 직물을 짜듯 엮은 후 페인트칠한다. 그 후 몇몇 테이프를 떼어 내고 붙인 후 물감을 또다시 얹는다. 이러한 작업 과정이 수십 번 반복된다. 완성된 작품은 카메라의 조리개를 통해 사진 형식으로 찍힌다. 디지털 이미지로 형상화된 페인팅 작품은 컴퓨터 편집 프로그램을 통해 형체를 알아볼 수 없는 다양한 이미지로 바뀐다. 이는 작가의 손으로 오랜 시간에 걸쳐 완성된 캔버스 위 아날로그 작품이 사진기라는 미디어를 통해 전혀 다른 모습의 이미지로 변신함으로써 작가가 고민해온 미디어 속 인간의 모습과 그것을 바라보는 우리의 시선에 관해 이야기한다.

같은 대상을 그리고 있지만 다른 매체로 존재하는 작품들을 보며 관객이 생각해봐야 할 문구가 있다. 전시의 제목이기도 한 '보는 것과 보여지는 것'이다. 이는 '우리가 보는 것을 진정으로 믿을 수 있을까'라는 의문으로 재해석할 수 있다. 우리의 눈이 본다는 것을 통해 진짜와 가짜 사이 그리고 생각하는 것과 상상하는 것으로 우리를 이루고 있는 세계에 대해 반성을 불러일으키기도 한다. 작가가 조각조각 난 종이테이프를 이어 붙이거나 디지털 속 이미지를 편집하듯 끊임없이 파생되는 제현들 속 세계에서 우리는 존재하며 여러 지각 속 환상 안에 머물기도 한다.

Jahyun Seo, Installation of Seeing & Being Seen, La Mama Galleria, New York, 2017

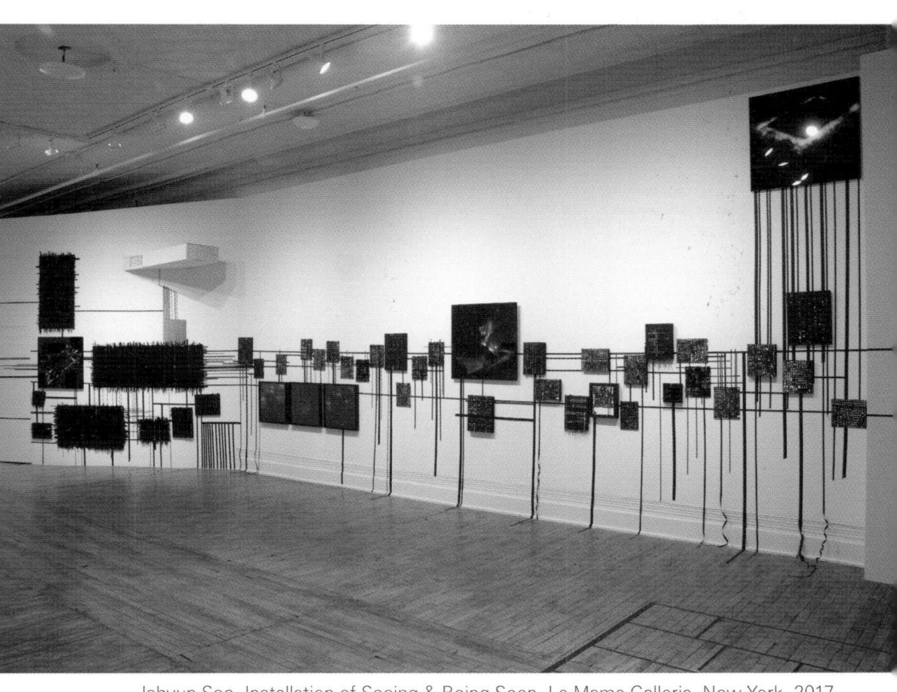

Jahyun Seo, Installation of Seeing & Being Seen, La Mama Galleria, New York, 2017

Seo, Installation of Seeing & Being Seen, La Mama Galleria, New York, 2017

Jahyun Seo, Installation of Seeing & Being Seen, Nars Foundation, Brooklyn, New York, 2017

Jahyun Seo, Installation of Seeing & Being Seen, La Mama Galleria, New York, 2017

Jahyun Seo, Installation of Seeing & Being Seen, La Mama Galleria, New York, 2017

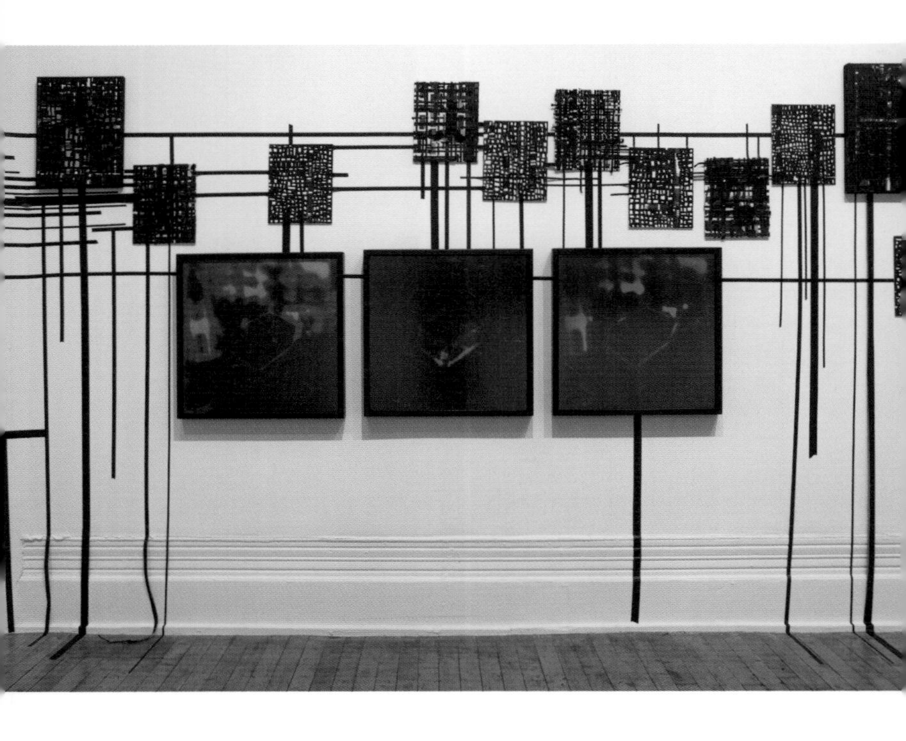

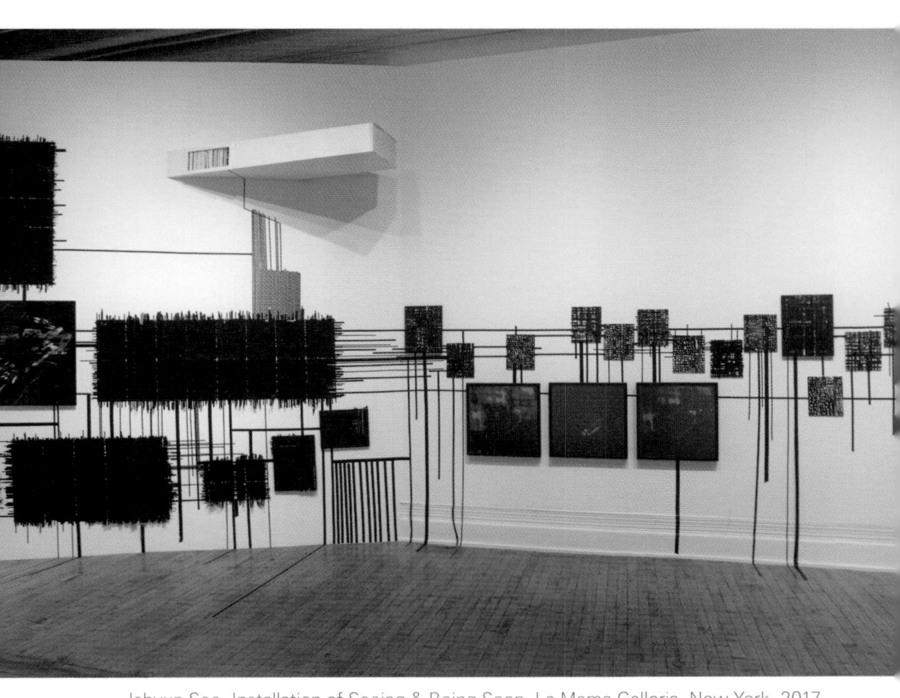

Jahyun Seo, Installation of Seeing & Being Seen, La Mama Galleria, New York, 2017

Jahyun Seo, Installation of Seeing & Being Seen, La Mama Galleria, New York, 2017

Jahyun Seo, Installation of Seeing & Being Seen, La Mama Galleria, New York, 2017

Jahyun Seo, Installation of Seeing & Being Seen, La Mama Galleria, New York, 2017

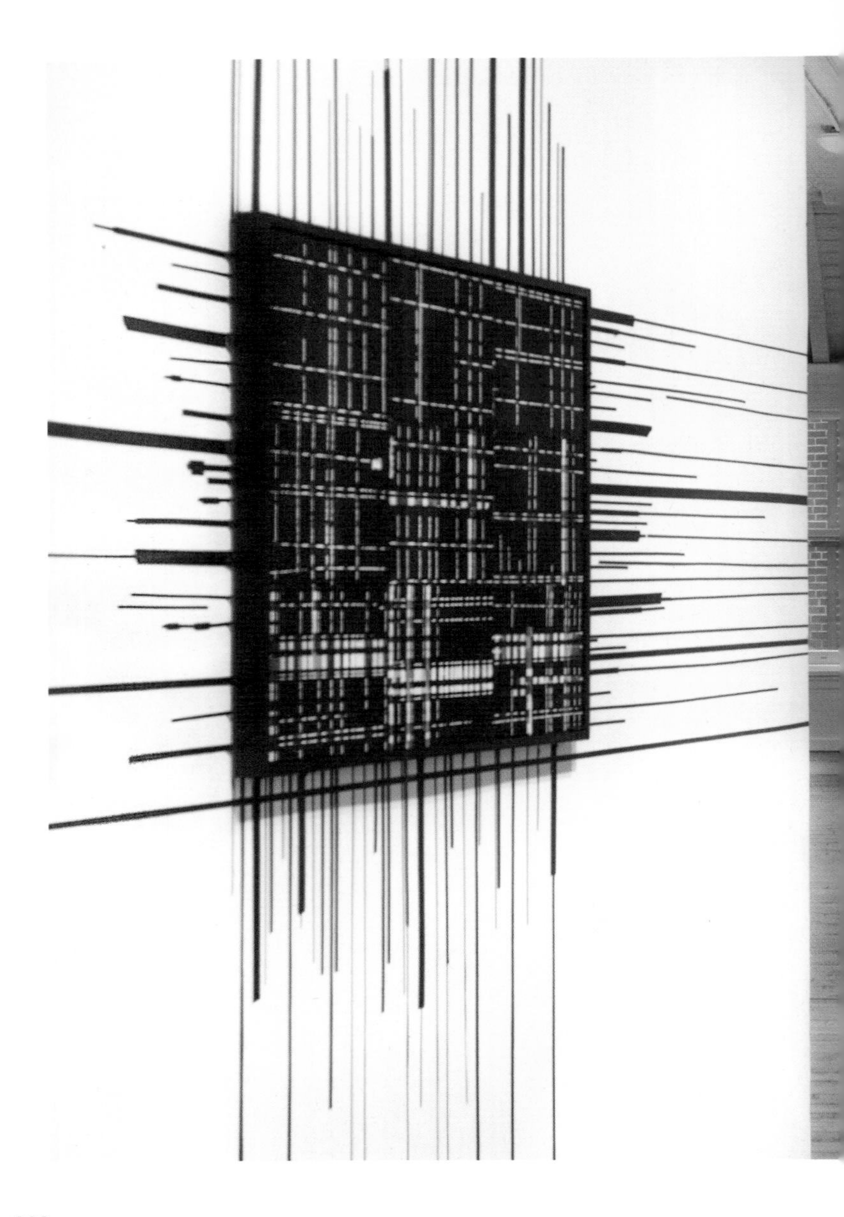

Jahyun Seo, Installation of Seeing & Being Seen, La Mama Galleria, New York, 2017

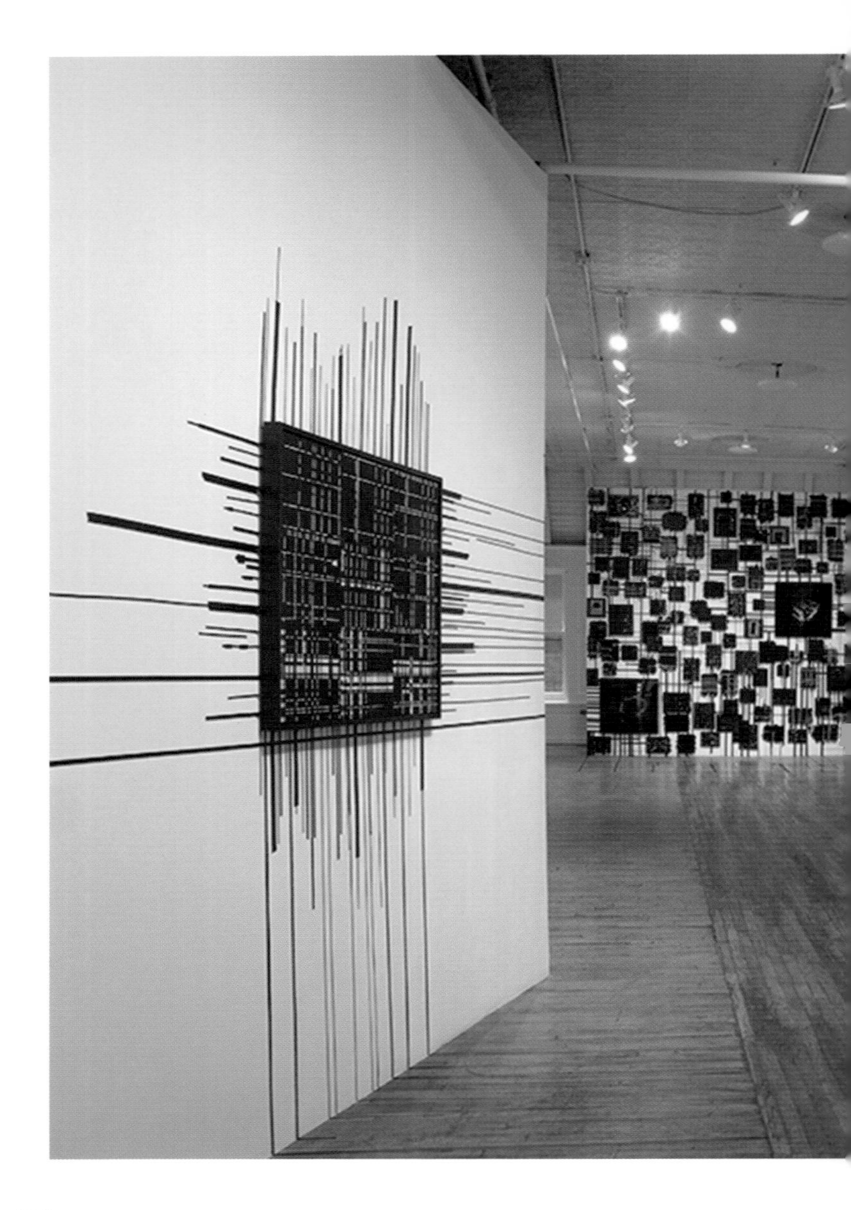

Jahyun Seo, Installation of Seeing & Being Seen, La Mama Galleria, New York, 2017

Jahyun Seo, Installation of Seeing & Being Seen, La Mama Galleria, New York, 2017

Jahyun Seo
Seeing and Being Seen
June 28 - July 18, 2017

34
St
34 ST Ⓡ Ⓦ
DOWNTOWN
& BROOKLYN
LOCAL

에필로그

아티스트에게 일상의 기록은 무엇을 의미할까? 그리는 것뿐만 아니라 써내리는 일상의 모든 기록이 하루의 창작이다. 나는 내성적인 고독가가 아니라 선택적인 내향적 고독가라고 생각한다. 긴 창작의 세월 속에 혼자 있는 시간이 인생의 대부분을 차지하고 목적이 많은 복잡한 사회적 관계에 많은 피곤을 느낀다. 젊은 시절에 투영된 자신의 본 모습을 잊어버렸다고 보기보다는 진정한 자신의 모습을 자신의 그림과 글 속에서 발견한다.

틀,

틀은 깨야만 하는 것이라고 되뇌었다. 하지만 긴 여행의 시작과 끝에서 그 틀 속에서 안정감을 느끼는 진짜 자신의 모습을 발견한다. 그리고 그 틀은 깨야 하는 존재가 아니라 자신을 보호하는 또한 그 틀의 확장으로 다른 이도 보호할 수 있는 영역의 소리도 인정하게 되었다.

일반인과는 다름이 존재하는 작가들의 시선이 담긴 창작물은 삶의 경계에서 균형, 질서와 해체의 작품이다. 《163페이지_예술가의 일기장》 시리즈는 성장이 멈춘 작가의 키 크기 163cm를 가지고 다양한 삶이 녹아 있는 163일의 기록을 적어놓은 것이다. 변하지 않는 키의 상징성은 인간 육체의 한계성을 보여 주는 동시에 그리도 벗어나려고 애썼던 사회적 틀과 여러 가지 모양과 크기의 틀 속에 존재하는 견고한 자아이다. 긴 여행에서 돌아와서 그 틀의 참 의미가 가족의 사랑이라고 비로소 스스로 깨달으며 《163페이지_예술가의 일기장》으로 남긴다.

ST R W
WNTOWN
BROOKLYN
CAL

0:28
3:34
1:44
3:38
0:02
0:21
1:15
0:01
1:12
0:26
0:00

163페이지

예술가의 일기장 1